月の涙

風雲おとぎ草子

矢倉 魁

文芸社

月の涙　もくじ

バハギア王国の危機……5
琉球のかぐや姫……67
山口城下の浦島太郎……161
南海の大決戦……213

月の涙

バハギア王国の危機

一

南十字星が南洋の小島を見下ろしていた。白昼の酷暑が嘘のように、甘くて快い夜気が漂っていた。港にはところ狭しと、数十もの外国船が舳先を並べており、島中が赤や青の提灯に彩られていた。そして、ガムランの音色が鳴り響き、いたるところで爆竹のけたたましい破裂音が聞こえていた。

インドネシア諸島のスラウェシ島から南西五キロ離れたブンガ島にはバハギア王国が栄えていた。マラッカ王国の姻戚に当たるラーマカーン一世が立国したのが始まりである。今、その嫡子ラーマカーン二世の御世は平和と繁栄に満ちており、今宵、国王の三十九回目の誕生日を国中が祝福していた。

宮殿の正門には、朱塗りの甲冑に身を固めた儀仗兵が数百余り整列しており、大広間には王族、宰相、大臣、百官や外国からの来賓が正装して待っていた。中央の玉座には満面に笑みを浮かべた国王が、やや肥えた腹を抱えるように座っていた。黄金の冠を載せ、獅子の刺繍に宝石をちりばめた紫色の短衣、幅の広い深紅の帯には王の権威を表すクリス(短剣)を差し、腰には鮮やかな山吹色のサロンを巻いていた。

その隣にはやや低めの椅子にナージャ王妃と十二歳になる長女カルナ姫に、七歳の長男スサントがお人形のように並んで座っていた。宰相や大臣たちは一段低い座に胡坐をかいて待っていたが、ただ一人国王の真正面にある極上の椅子に腰掛けている者がいる。明国の使者張大福《ちょうだいふく》である。明国は周囲の国と朝貢関係でアジア地域に威厳を示していた。大福の隣には現地在住の華僑商人李国泰《りこくたい》と十三歳になる三男の秀明《しゅうめい》が控えていた。国泰は国王に通訳を命じられていた。

やがて銅鑼と太鼓が鳴ると、大臣の中から一人立ち上がり、よく通る声で祝いの言葉を述べた。

「偉大なる神のご加護にて、尊敬奉る国王陛下のご長寿とご繁栄を寿《ことほ》ぎますする。国王陛下万歳！　万歳！　万々歳！」

　それに合わせて広間から万歳の声がこだました。その大臣が座ると、若い芸人風の男が滑稽なしぐさをしながら広間の中を駆け回った。どっと笑い声が起こった。そして大臣席のところで国王に深々とお辞儀をすると、京劇役者のような甲高い声で歌いだした。

「青春三月、花開き、森の神が昼寝すりゃ、人食い虎も昼寝する。こりゃまためでたい、めでたいな……」

　この道化の歌が厳粛な場をなごやかな雰囲気に変えた。この後、宰相の音頭で祝杯が上げられ、豪華な祝宴が始まった。ガムランが鳴り響き、華麗な宮廷音楽と舞踊が延々と続いていった。

　国王は上機嫌であったが、王族の席が一つ空いているのが気になった。

「スレイマン王子はいかがした」

「ご来臨の旨は承っております。おそらく船が遅れているのでしょう」

　ナージャ王妃はそう答えたが、心痛の表情を隠せなかった。スレイマン王子は国王の実弟である。マラッカ国王に男子がいなかったので、幼少の頃から養子として出された。国王の後継者として甘やかされて育ったが、国王に実子の男子が誕生するや、スレイマンは後継者としての地位を剥奪され、愛情すらも向けられなくなった。それ以来、彼は粗暴で残虐な青年に変貌していった。

一方、明国の張大福のところには大臣たちがひっきりなしに挨拶に来て酌をしたり、お世辞をまくし立てたりしていた。国泰はそれを律儀に通訳するのだが、父の顔が何やら怒気を帯びているのが、秀明にはよくわかった。

秀明は、ご馳走を食べながら、強い視線を感じていた。ふと見上げると、カルナ姫が澄んだ瞳で自分の方を見つめていた。まだ十二歳の少女ではあったが、正装して化粧をしているせいか、少し大人びて見えた。思わず胸がきゅんとうずいた。スサントの方はすっかり退屈してしまって、広間を駆け回って大人たちに愛嬌を振りまいていた。女官たちがはらはらしながらスサントを席に戻そうとするのだが、一向に言うことを聞かない。

「よいよい。好きにさせよ」

国王は笑って、わが子の無邪気な姿に目を細めた。宴もたけなわとなり、品性に欠けた俗な歌や踊りも飛び出してきた。ナージャは姫を気遣って、秀明を手招きした。秀明は一瞬、躊躇したが、傍らの父が背中を押した。

浅黒い顔を紅潮させて、王妃の前に跪いて一礼した。その時、姫の視線とともに甘い吐息を強く感じた。

「秀明。カルナが退屈しているの。庭で一緒に遊んであげておくれ」

そう言うと、上等の菓子を一包み持たせて姫を立たせた。

「姫様、参りましょう」

そっと手を取った。柔らかく小さな温もりに高まる興奮を抑えようとした。カルナはじっとこちらを見つめているようだった。五、六歩ほど歩いただけで、喉の渇きを覚えた。酒の匂いと喧騒の中を儀式の司祭のような厳粛な面持ちで姫を庭に連れ出した。ふと秀明は姫を見た。宝石のような大きな瞳が笑みを浮かべている。思わず息を漏らしそうになった。

「恥ずかしがり屋さんなのね」

小鳥のさえずるような美しい声だった。東屋に姫を座らせ、自分は小さな白い足元に跪き、菓子を差し出した。

「それではお話ができませんわ。こちらにお座りなさい。秀明、一緒にお星様を見ましょうよ」

言われるままに隣に腰を下ろした。少しふくらみ始めた胸元が気になった。胸から下は豪華なバティックの布を一枚巻きつけているだけだった。村の女児と違って肌が白かった。露な肩が刺激的で目のやり場がないのだが、吸い込まれるようにその上に目が走った。小さなやや厚めの唇には真っ赤な紅が濡れている。形のいい鼻、澄んだ瞳、かわいらしい耳には重たそうなイヤリングが垂れ下がっている。

秀明は福建の永定で生まれた。南洋の星空を眺めて八年になる。五歳の時、母と死に別れ、父とともに南洋へ渡った。二人の兄がいる。長兄明徳《めいとく》は北京の叔父夫婦のところで科挙の試験に挑んでいる。次兄の泰明《たいめい》は故郷の祖父母に預けられ、商業を学んでいる。いずれが成功しても失敗しても李一族の存続は守られるという中国人ならではの処世術であった。

蘭の香りが甘い夜気とともに二人を包む。椰子の木の上に月が申し訳なさそうに輝いている。

「あなたはお月様のようだわ」

「えっ？」

このとき、はっきりとカルナを見た。美しさの中に凛としたものを感じた。それは高貴な血筋から来ているものなのか、天性のものなのかわからなかった。

「私がお月様ですって？　それは姫の方でしょう。椰子の木よりも高く、気高くあらせられます」

「ほほほ。だからお月様です」

白い歯がいやに悩ましかった。

「いつもお星様に遠慮して。木の上でちょこんとお辞儀をしているお月様だわ」

そう言ってまた笑った。それが嘲笑ではないことはわかっていたが、どう答えてよいか困惑した。

「お月様が遠慮しているから……」

そこまで言うと、空を見上げた。カルナが思わず顔を覗き込んだ。

「お月様が遠慮しているから、お星様がきれいに見えるんだ」

秀明は左肩に柔らかくて気持ちのいい重みを感じた。胸の鼓動が早鐘のように脈打っていた。しかし、この時、不吉な流れ星がものすごい速度で夜空を突っ切っていったことに二人は気づかなかった。

やがて大広間から女官たちの悲鳴が聞こえた。カルナは思わず秀明の手をぎゅっと握った。血相を変えた一人の女官が中から駆け出してきた。

「姫様！　陛下が……」

そう言ってそのまま糸の切れた操り人形のように座り込んでしまった。ただならぬ気配を察した二人は急いで大広間に駆け込んだ。

何やら騒然としていた。女官たちは体を震わせて号泣している。大臣たちは右往左往して慌てふためいている。玉座に国王の姿はない。主のいない玉座の周りに王妃や王族、側近の者たちが跪いて群がっている。カルナは秀明の手をふりほどいて駆け寄った。そこには血の気のうせた父が冷たく横たわっていた。

「父上！」

しがみついて何度も叫んだが、父の声はしなかった。カルナの泣き叫ぶ声に王妃が嗚咽を漏らした。幼いスサントには事情が理解できなかったが、母や姉が狂ったように号泣しているのを見て、一緒に泣き出した。

「何があったのですか」

秀明は国泰に尋ねた。が、表情を硬くしたまま何も答えなかった。

「急死じゃ」

代わりに大福が酒臭い息を吐き捨てた。歓待を受けていた饗宴で主が頓死するという不吉な事態に不快な表情を隠せなかった。

「毒殺ではないのか」

この不用意な発言に国泰の顔が一変した。

「張閣下！　お言葉を慎みなされ」

「無礼者。おまえこそ慎め」

大福の側近たちが険しい目つきでたしなめた。が、国泰は一向に引き下がる気配を見せない。大福はいやらしい笑みを浮かべると側近たちを制止し、国泰の胸を笏で軽く叩いた。

「李国泰、なかなか度胸があるのう。だが大明国を捨てて蛮民の国で商売する者に何がわかる」

「ば、蛮民の国ですと？　王族や大臣の前でそのような発言は礼を欠いております」

「礼を欠いているのはどっちだ。国を捨てた化外《けがい》の民め！　大明国皇帝陛下のご威光があればこそ南洋の国々は安泰なのじゃ」

「いや、安泰ではありますまい」

突然、入り口の方から不自然な中国語が聞こえた。金色の甲冑に身を固めた長身の若武者が屈強そうな手勢を率いて入ってきた。

「これはスレイマン王子。そのお姿は？」

スレイマンは王族に挨拶する前にまっすぐ大福の前に跪いた。

「大明国皇帝陛下万歳！　張大福閣下ご機嫌うるわしゅう存じまする。実は……」

そう言って大福に耳打ちした。大福は大きくうなずくと、国泰を無視して席に着いた。スレイマンは立ち上がり、前に駆け寄り、国王の亡骸の前に跪き、わざとらしく泣き声を搾り出した。

「なんという天のいたずらでしょう。兄上のような清廉潔白なお方こそ不老長寿の幸運を授かるべきなのに。ああ、めでたきご生誕の日に崩御なされるとは……。せめて生きていらっしゃる間にお目にかかりとうござった。宴席に遅参いたした不義をお許しください」

国泰にはその言葉のひとつひとつが悪意の餡を虚飾の皮で包んだ饅頭のように思えてならなかった。

「姉上、ご心痛お察し申し上げます。これからはこのスレイマンがお世話いたしまする」

ナージャは底知れぬ恐怖感を覚えた。輿入れをした時からこの義弟を好きになれなかった。どんなに美しい言葉を並べてみても顔はいつも人を嘲笑していた。

「皆々様、よく聞いてくだされ」

玉座の前に立ち上がり、皆に席に着くよう促した。

「本日は祝辞を述べるべきであったが、弔辞を述べなければならなくなったこと誠に残念である。陛下の死因を明らかにし、盛大な葬儀を執り行いたい。が、もっと深刻な危機に我々は直面しておるのじゃ。よいか、動揺してはいかんぞ。ポルトガル艦隊がマラッカに押し寄せてきたのじゃ」

わっと広間がざわめいた。

「わしが軍装しておるのも遅参いたしたのもわかったであろう。敵の矢玉を切り抜けて来たのじゃ。そしてマラッカ国王から勅状を賜った」

大福以外、その場に平伏した。

「バハギア王国はマラッカ防衛拠点として軍備を整えること。その長官としてスレイマン王子を任命する。長官の言葉は朕の言葉であるから、たとえ国王とて逆らってはならない。臨戦態勢が解けるまで長官とその親衛隊を駐留させる」

その他こまごまとした条文を読み上げると、横柄な態度で周囲を見渡した。突然の国王の死、ポルトガルの襲来、そしてスレイマンの台頭……。大臣たちも女官たちも悪夢を見ているようで、現実として受け止められなかった。石のように固まっている者、ただうなだれている者、泣きじゃくる者、まだ酔いから醒めぬまま朦朧としている者など、広間は重い空気に満ちていた。

スレイマンはいやらしい笑みを見せると、マントを翻した。

「皆の者、安心いたせ！　我らには大明国が後ろ盾となっておる」

そう言って、大福に目配せした。すると大福が立ち上がり、後ろを向いた。

「大明国大使として一言申し上げる」

　傍らで国泰が大きな声でマレー語に通訳した。

「国王陛下のご急死、マラッカの危機という一大事に皆の者もさぞかし驚嘆していることだろう。しかし、かかる時こそ皆が心を一つにして対処せねばならぬ。本来ならばご葬儀に参列すべきだが、事態が事態じゃ。すぐに帰国して皇帝陛下にご報告し、貴国の力になるようご進言いたそう。あとはスレイマン王子の指示に従い、うまくやってほしい」

　そう述べると前を向き、一礼して側近を連れて控えの間に戻っていった。スレイマンはそれを確認すると、そのまま玉座に座り込み、膳の上にあったランブタンの実をつまんで口に入れた。

「王子！　無礼であろう。玉座から降りよ」

　ナージャが叱責した。すると蛇のような目で睨み返してきた。

「姉上、勅状を聞かれたであろう。今は私が兄上よりも格が上なのじゃ。玉座に座るのは当然でしょう」

　そういうと近くの者を呼びつけ、国王の亡骸を別室に運ぶよう命じた。命じられた者たちは、悲しみよりも得体の知れない恐怖心に震えながら黙々と作業を行った。カルナは来るべき運命を予知していたかのようにじっと何かに耐えていた。そして秀明も大波乱に巻き込まれる予感を直感した。

二

「張閣下、このたびはご助勢誠にありがとうございます」

スレイマンはいやらしい笑みを浮かべながら大福にわざとらしく跪いた。数人の宮廷妓女に囲まれて上機嫌の大福はさらに態度を大きくした。

「大明国あってのマラッカ王国、バハギア王国であることをお忘れなく」

煙管の煙を吹かせながら大福は女たちと戯れていた。が、足元のスレイマンは石のように動かない。事を察した大福は、しぶしぶ人払いをした。ぬうっと目の前に長身の男が立ち上がった。

「お楽しみのところ申し訳ございませぬ。後でマラッカから連れてきた極上の女を侍らせましょう」

「ほう、それは楽しみじゃな」

大福の酔眼が光った。

「例の話、よしなに」

「安心なさい。国王は急死、子どももまだ幼子なれば、王族の中で国王となるべき方は王子しかおりますまい。皇帝陛下もお認めになるはず。それよりも伝説の『月の涙』は大丈夫でしょうな」

「月の涙」とはバハギア王国王家に伝わる宝玉であり、これを得た者は不老不死の術を得られるという。

「必ずや。私が国王となりました暁には、この国の金銀財宝と美女を添えて献上いたしましょう」

「ははは。それは頼もしいお言葉。楽しみにお待ちしましょう。王子とは気が合いますな。さて、その前にやるべきことがござろう」

「お楽しみのところお邪魔したのは、その件でござりまする」

「わしの献上した黄酒に砒素を入れておいたのはよかったが、問題は犯人を誰に仕立て上げるかだ。それに毒殺の動機も必要となる。国王は誰からも尊敬された聖人君子じゃ。恨みを買うようなことはあるまい」

スレイマンは蛇のような眼を光らせて大福の傍らに座った。

「そこでござるよ、閣下。この世は嫉妬と怨念と欲望で構成されておりまする。幸福者ほど妬まれます。誰でもいい。宰相でも大臣でも女官でも。それともあの男……」

大福がポンと膝を打った。

「さすがは王子、目の付け所が違いますな。早速取りかかりましょう」

その時、入り口で物音がした。スレイマンの眼が血走った。

「何者じゃ！」

そのまま腰の剣をひっつかんでムササビのように飛び上がった。がしゃんと食器が割れる音がして一人の女官が大福の前に差し出された。

「我々の話を聞かれたようです」

「いや、この者に明国の言葉はわかるまい」

「この娘の顔をよくご覧ください。唐人です」

女官は恐縮してうずくまったまま震えていた。

「おい、わしの言葉がわかるのか」

「ち、父は明国人でありますが、母はジャワのスンダ出身の者です。幼い時、家族でこの国に渡りました。ですから明国の言葉はわかりません」

首を振りながら必死にマレー語で訴えた。それをそのまま王子が通訳した。

「しかし、わしの質問が聞き取れるということは多少理解できるわけじゃ」

大福はにやりと笑い、蛇の眼の男に目配せした。

「閣下、格好の獲物ですぞ。この女を使いましょう」

「お助けください。私はお二人にお酒をお持ちしただけでございます」

スレイマンは右手でぐいっと女の首を絞めながら、耳元に口を近づけた。

「わしの言う通りにすれば、悪いようにはしない。いいな」

こうして恐ろしい計略が動き始めた。

一方、国王の亡骸の前には王族、宰相、大臣らが参列して嗚咽を漏らしていた。秀明はカルナの後ろ姿をじっと見つめていた。健気にも、泣き崩れる母をなだめている。その気丈な態度に胸を打たれた。果たして自分は父が亡くなってもこれほど冷静になれるであろうか。ふと隣にいる父の顔を見た。眼を閉じたまま彫像のように動かなかった。それは精一杯感情を押し殺しているように思えた。

やがて後ろの方でけたたましい音がした。

「姉上、わかりましたぞ！　兄上の死因が判明しましたぞ」

例の女官を引き連れてスレイマンと大福が入ってきた。周囲がざわめいた。

「静かになさい、王子。陛下の御霊前です」

ナージャはかすれた声を絞り出し、たしなめた。

「御霊前だからこそ真実を申し上げねばなりますまい。幸い王族、宰相、大臣のお歴々もいらっしゃる」

そう言って女官を前に突き出した。

「兄上は、いや、国王陛下はある心無い者の陰謀により毒殺されたのです」

わっとどよめいた。国泰がかっと眼を開き、大福の方を睨んだ。大福の落ち着きのなさそうな様子を見逃さなかった。

「王子、何を言うのです。まだ御殿医による検査もされていないのですよ」

「事実は小説よりも奇なりですよ。すべてはこの女の口から聞くのがよろしかろう」

皆の視線が女官の体に集中した。

「わ、わ、私が毒を盛りました……」

「聞こえないぞ！　もっと大きな声で申せ」

スレイマンが声を荒立てた。

「陛下のお酒に毒を盛ったのは私でございます」

女官はそのまま糸の切れた操り人形のようにぐしゃっと崩れた。たちまち驚嘆の声とともに非難の声や罵声が飛び交った。

「皆様、お静かに！」

スレイマンは騒ぎを制止すると女官に後を続けるように促した。

「私はある方に脅かされて無理やり張閣下から献上されたお酒に毒を盛らされたのです」

再びどよめきが起こった。その時、大福が大根役者並みの下手な芝居を演じ始めた。

「ああ、何ということじゃ。この世に神はないものか。大明国に誠心誠意尽くし、荒れる南海を渡ってこの国の大使として職務を全うしているのに！　あの酒は皇帝陛下が国王陛下に賜ったもの。それに毒が入っていたとすれば、大明国皇帝陛下がバハギア国王陛下を殺害したことになる。そうなれば、両国に戦争が起こってしまうぞ。その上、わしまでが皆の仇敵となって屍を晒すことにもなる。恐ろしいことじゃ。災いを起こそうとしている悪魔は誰じゃ！」

わざとらしく身振り手振りで半狂乱のようになってわめいている。それを傍らのスレイマンが尾鰭を付けて大げさな表情で通訳している。国泰には二人の悪意が読み取れて、その矛先が自分に向けられていると直感した。

「おい、そのある方とは誰じゃ。この中にいるのか」

蛇の眼の男が尋ねると女は大きくうなずいた。どっとざわめいた。

「誰じゃ！」

「李国泰様……」

そう言って女官は国泰を指差した。とたんに非難中傷や罵る声が巻き起こった。が、国泰は毅然として黙って立っていた。

「待ちなさい！　言葉だけでは信用できません。王子、証拠はあるのですか」

ナージャがそう叫んで進み出た。王子はにたっと笑った。

「姉上のお言葉にも道理がある。誰か大広間へ行って陛下の膳にある酒壷を持って参れ」

後方にいた大臣が側近に目配せした。秀明は泣き出したい気持ちだった。尊敬する父がとんでもない容疑をかけられているのだ。違うんだと大声で叫びたかった。しかし、目前に立ちはだかる蛇の眼の男と腹黒そうな肥満体の男がとても恐ろしかった。

「持って参りました」

二人の男が酒壷を運んできた。スレイマンが白い歯を見せた。

「その女に飲ませろ」

わっと女が泣き出した。

「お、お許し下さい。それだけは……」

「拒むところを見るとやはり毒が入っているのだな。さあ、飲め。無事ならば、お前も国泰も無実ということになる」

女官は泣きわめいて床を転げ回った。近くの大臣たちがそれを取り押さえた。

「お、王子様、話が違うではありませんか」

女官は恐怖から憤怒の顔に変わっていた。きっと睨みつける眼に一瞬たじろいだが、ぺっと唾を吐き捨て、女の頭をぐいと押さえつけた。

「やめて！　かわいそうだわ」

カルナが母の傍らから小鳥のように飛び出した。が、それをぬるりとした冷たい手が制止した。女官は無理やり口をこじ開けられ酒を飲まされた。すると、皆はその頭からつま先までじっと息を殺して凝視した。

カルナは冷たい手を払いのけて秀明のところに駆け寄り腕にしがみついた。

「何もないじゃないの。何もないんでしょう」

女は座り込んだまま、体のあちこちを見ながら、異変があるかどうか確認していた。

「やっぱり何もないじゃない」

そう言って秀明を見上げた。その可愛い声に励まされたのか、女官はすくっと立ち上がり、安堵したのか、笑みさえ浮かべた。その時である。女の体が小刻みに震えだし、口から泡を吹き出しながら、転倒して苦しみだした。二人の悪魔がほくそ笑んだ。

「李国泰！　神も恐れぬ悪魔め！」

蛇の眼がかっと見開いた。周囲の者が衛兵を呼びつけた。秀明は父の弁明をしようと前に出たが、それを国泰がぐいっと押さえた。

「わしのことは構うな。姫を……」

そう言ったところで、衛兵に取り押さえられ、広間の外へ連れて行かれた。

「この者も捕えましょうか」

スレイマンが秀明を睨んだ。カルナが大きく首を振って、ささやかな抵抗を見せた。

「秀明には関係ありません。この子に手を出してはなりません」

必死に母が助太刀をした。

「まあ、それほどおっしゃるならいいでしょう。ただし、私の言葉はマラッカ国王の言葉であることをお忘れなく」

マントを翻し、大福とともに出て行った。

「母上、あの者にお薬を！」

カルナが仰向けになって動かなくなっている女官を指差した。白髪の御殿医がのそのそと近づき、目や口などを調べた。

「まだ息はございますが、もう手遅れでございます」

「せめて懇ろに葬ってあげなさい」

ナージャは憔悴しきったのか、その場に座り込んでしまった。

「母上！」

「大丈夫よ。スサントを連れてきて」

侍女たちに支えられながら、ナージャは奥に入っていった。その後をカルナが弟の手を引いて付いていった。

「秀明、またね。きっとお父様は無実よ」

突然の父の死と言い知れぬ恐怖に直面しながらも、自分を励まそうとするカルナにますます魅かれていった。

「おれは親父さんを信じてるぞ」

後ろからすがすがしい声がした。親衛隊隊長のモンクルである。二十代の半ばだが、武勇に優れ、人望も厚かった。秀明を弟のようにかわいがり、剣や槍を教えてくれている。

「モンクルさん、私は……」

「今、何を言おうがお歴々は聞く耳を持たないだろう。まあ、今宵はいっしょにいてあげよう。また何が起きるかわからないからな」

無邪気な笑顔を見せて秀明を外へ連れ出した。

三

「親父さんにはずいぶん世話になったよ。親衛隊に推挙してくれたのも、母の病気を治してくれたのも、親父さんだよ」

褐色の肌に健康そうな白い歯が印象的だった。少しも無駄のない筋肉質の体、しまりのある肢体がまぶしかった。空には星が輝いていたが、月は雲に隠れていた。ふとカルナのことが気になった。

「姫はあれでいて気丈だから、心配ないさ」

秀明は体をぴくっとさせた。自分の心の中を見抜かれているようで恥ずかしくなった。

「……」

「何も言わずともわかるさ。透き通るほど心が澄み切っているからね」

ややはにかんだ顔を見せたが、微かに笑みを浮かべた。

「ただし……」

そう言い掛けて星空を見上げた。

「もう少し度胸をつけないと姫を守れないよ。優しすぎるだけじゃ、悪には勝てないぞ」

ぽんぽんと秀明の肩を叩いて白い歯を見せた。隠れていた月が顔を出し、モンクルの勇姿を照らし出した。

「漆黒の闇もいつかは明ける。闇が深まれば深まるほど、夜明けは近い。親父さんのことは心配するな。おれが必ず助け出してやる。恩人を殺させたりはしないよ」

秀明は大きくうなずいた。

「隊長！」

向こうでモンクルを呼ぶ声がした。

「どうした」

「大変です！　こっちに来て下さい」

二人は走り出した。篝火の中で数人の親衛隊の兵士が二人を手招きしている。そこは儀礼用の野外舞台であった。その上で先ほど毒酒を飲まされて倒れた女官が死を迎えようとしていた。

「さっきの女官か」

「はい。大臣に命じられてここまで運んだのですが、しきりに何かをしゃべっているようです」

「で、何と言っているのだ」

「それがスンダ語のようで、我らの中で解する者はありません。でも隊長はスンダ出身だとか……」

モンクルは身を乗り出し、女官の耳元にスンダ語で話しかけた。そして、彼女の口元に耳を近づけた。紫色になった唇が動くたびにうんうんとうなずいた。やがて唇がぴたりと止まると、女官はにこりと笑みをうかべて息を引き取った。

モンクルは背中になびいていたマントをはずし、哀れな女官の体に掛けてあげた。無邪気な青年の顔は憤怒の相に変わっていった。

「何と言っていたのですか、隊長」

くるりとこちらを向くと、両眼をかっと見開いた。

「お前たちは最も信頼できる部下だ。おれに命をくれるか」

ただならぬ形相に兵士たちは圧倒されたが、すぐに腰のクリス（短剣）の柄をぐっと握って承諾の意を示した。

「よし！」

そう低い声で叫ぶと秀明の肩を強く抱き寄せた。

「陛下毒殺の真相がわかったぞ。親父さんは無実だ！」

兵士たちはおっと声を漏らした。

「やはり思ったとおりだ。すべてはスレイマンと大福の陰謀だったのだ。かわいそうに、この女官は脅迫されて無理やり猿芝居の片棒を担がされていたのだ。あんな奴等にこの平和な王国を支配されてたまるか！」

「隊長、もう命は差し上げました。何なりとご命令下さい」

「おお、よく言ってくれた。まずは作戦を練ろう。秀明も来い」

哀れな女官の亡骸に祈りの言葉を捧げるとモンクルたちは親衛隊の詰所に向かっていった。

その翌日の昼過ぎには装飾を施した棺に国王の亡骸が納められ、祭壇に置かれた。国民には病死として伝えられた。宮殿の前には国王の死を悼む人々が花や供物を持って続々と集まってきた。島の西では斎場となる場所を清めるため、呪術師や司祭者が呪文を唱えながら儀式を行っていた。

祭壇の前ではナージャと王族の長老たちが数人輪になっていた。皆うなだれ、重苦しい空気に包まれていた。

「やはり古式に則《のっと》りやるべきじゃ」

白髪の痩せ細った長老が唾を飛ばして言い放った。

「いや、カルナもスサントもまだまだ母の手が必要な幼子じゃ。無理にサティーをやらなくてもよいではないか」

布袋様のような腹をした長老が、ゆっくりとした口調で反対した。サティーとはインドから伝わった風習で、夫が死ぬとその亡骸とともに妻が生きながら焼かれるという殉死の儀式のことである。殉死することで貞操を守るというわけである。ヒンドゥー文化の風習である。バハギア王国は、イスラム教国であるマラッカ王国と姻戚関係だが、ヒンドゥー文化の影響が強かった。

「王妃たる者が国民に模範を示さなければなるまい。子どもの面倒はわしらで見よう」

「いやいや、明日はどうなるかわからない年寄りに何ができる。ましてポルトガルの脅威に晒されているのじゃぞ。ナージャには国王に代わる統率者となってもらわねばならぬ」

「私もそう思いますな」

不気味な足音とともにぶっきらぼうな声が響いた。スレイマンである。

「王子、今は長老会議じゃ。ご遠慮なされ」

それを無視してずかずかと長老たちの前に立ちはだかった。

「皆様方、惚けるにはまだ早いのではありませんか」

「何を申す！　無礼であろう」

「ははは。昨日申し上げたはず。私の言葉はマラッカ国王のお言葉だとね。長官として任じられている以上、この国のことはすべて管理しなくてはならないのです」

白髪の長老が激昂した。

「確かにマラッカ王国とは姻戚関係だが、わが国は属国ではない。お前のような青二才に牛耳られてたまるか」

蛇の眼が邪悪な色を見せ、険しい顔に一変した。長老はなおも続けた。

「あの勅状は本物なのか？　お前は放蕩が過ぎて国王からも捨てられた男だ。そんな奴を長官に任ずるわけがない。まさか陛下を毒殺したのは……」

とそこまで言いかけた時、稲妻のような怒声がこだました。

「ダルマルノ！　長老とはいえ、そのお言葉聞き捨てならん。長官たる私を侮辱するおつもりか」

大きく呼吸をすると眼を真っ赤にさせた。

「長官として命ずる。サティーは禁止すること。殉死などという古臭い慣習はうんざりだ」

そう吐き捨て、つかつかと床を蹴るように早足で行ってしまった。向こうでカルナとスサントが心配そうにこちらを見つめている。ダルマルノは白い髪をなでながら大きく嘆息した。

「サティーは中止しよう。しかし、これはあの青二才に従ったわけではない。突然、父を失い、その上、母までも失ったら、あの子たちの悲しみはいかばかりであろう。事情が事情だ。下々の者たちもわかってくれるだろう」

　布袋腹の長老が立ち上がった。

「それではこれで決まりじゃ。ナージャよ、王国の母として清く正しく生きるのじゃ」

「母上！」

　小さな二つの雛が柔らかい母の胸に飛び込んできた。スサントがわっと泣き出した。

「泣いてはいけません。母さんはいつまでもおまえたちと一緒ですよ」

　その二日後、葬儀が行われた。棺の中は花で覆われていたが、葬儀の朝、雄牛を象った豪華な棺へと移し替えられた。火葬用の三メートルもある宝塔が九基、それぞれ八人の男たちによって担がれて、棺を囲むように行列の後方に位置していた。

　昼を過ぎた頃、音楽隊の銅鑼とチャルメラを合図に行列が前に動き出した。最前列には天狗のような長い鼻の赤い仮面を被った呪術師が右手に三尺余りの槍、左手に鈴を持っている。槍の鐺《こじり》で地を叩き、鈴を鳴らしながらゆっくりと歩いている。邪気を払い、葬儀が無事に行われることを祈っているのであろう。

その後ろに司祭者たちが聖水を撒きながら何か経文のようなものを唱えている。それを追うように儀仗兵たちが槍や旗を掲げて勇壮に行進していく。そして音楽隊が銅鑼やチャルメラなどをけたたましく演奏していく。

少し間隔を空けて宰相や大臣たちの輿が親衛隊に守られながら続いていく。その後ろを白い日傘をさした女官や侍女たちが緊張した面持ちで練り歩いていく。その後ろに例の九基の宝塔が南国の青空に神々しく映えている。一基が中央先頭に位置し、そのすぐ後ろに雄牛の棺を載せた豪華絢爛な山車が引かれている。その山車の左右に四基ずつ宝塔が縦に並んで厳かに前に動いている。まさに宝塔は神の依り代であり、その神々によって国王の棺が守られているのである。

さらに後ろには親衛隊に守られて王族や外国の使節の輿が続き、儀仗兵の一団が行進していく。ここまでが厳粛な葬列の流れであり、沿道には多くの庶民がうなだれ、国王の死を悲しんでいた。この儀仗兵の一団が葬列の最後尾であることは確かだった。

しかし、儀仗兵の姿が豆粒ほどにしか見えなくなったとき、沿道で畏まっていた人々の表情が急に明るくなり、なにやら騒がしくなった。まもなく葬儀には似つかわしくない派手な衣装を着た宮中お抱えの道化師や役者たちがコミカルな動作をしながら歩いてきた。厳粛な空気を破るように人々の笑い声があちこちで聞こえだした。

さらに最後尾には数十人の小役人たちが菓子袋を沿道の見物人たちに投げ与えていった。人々はそれを手に入れようと奪い合うように手を伸ばして、我も我もと小役人たちを押し倒さん勢いで集まってきた。菓子袋の中には饅頭のような菓子があり、その中の餡に明銭が入っているのだ。この王国の人々は輸入した明銭をお守りのように考えていた。これが目当てで昨日の夜から陣取りをしている者も少なくなかった。

斎場に最後列の儀仗兵が到着したときには陽も傾き始めていた。中央に火葬用の櫓が組まれ、その周りを囲むように九基の宝塔が置かれた。棺はまだ載せられていなかったが、司祭者が儀礼の段取りについて王族たちと最後の詰めをしていた。

それに比べて周りには葬儀見物をするために多くの人々が集まっていた。屋台を並べて飲食物を売る者、見物の特等席を高額な値段で買わせる者、宝塔に飾られた花や供物を焼かれないうちに持って帰ろうと狙っている者などがいた。

始まるまで人々は談笑しながら飲食したり、ビンロウの葉を噛んでは真っ赤な唾を吐き出したりしていた。待ちきれない子どもたちは周囲を駆けずり回ったり、近くの川へ飛び込んで水遊びに興じていた。

やがて合図の銅鑼が鳴り、道化たちが櫓の周りで踊りだした。どっと笑い声が上がった。そして呪術師が甲高い声で何かを叫ぶと棺がゆっくりと載せられた。ぱちぱちと爆竹が鳴り出して、太鼓とチャルメラの演奏が始まった。司祭者の手によって火が着けられた。炎が大きくなるにつれ、拍手や歓声が巻き起こった。

宝塔にも点火されたが、ほぼそれと同時に獲物を狙って人々がピラニアのようにわっと群がり、燃えないうちに供物や花を奪い合った。ナージャはただ棺を包む炎を暗い面持ちで見つめていた。その耳には目の前の喧騒など聞こえなかった。傍らにいるカルナは自分の父親の葬儀で供物を奪い合う群衆の姿に怒りと恐怖を覚えた。人間の欲望のおぞましさが幼い目に焼きついていった。

長老たちはもぐもぐと呪文を唱えている。そこへ蹄の音が近づいたかと思うや、宮殿からの使者が息せき切って駆けつけた。そしてダルマルノの前に跪くと書状を差し出した。使者の尋常ならぬ様子に書状を受け取るとすぐに広げて一字一句確認するように黙読した。

「委細承知。すべては予定通りにせよと申し伝えよ」

「御意！」

再び使者は馬に跨り宮殿の方へ疾走していった。白い髭を強く引っ張るようになでながら、その書状を臨席していた長老たちに回し読みするよう促した。やがて長老たちの顔に驚愕と憤怒の色が見えた。その目は一斉に炎の向こう側で横柄な態度で座っているスレイマンに向けられた。あたかも大蛇が火を吐いているように見えて、不気味であった。

棺の雄牛の形もすっかり崩れ、遺体の一部が飛び出して会葬者をぎょっとさせた。係の者がすぐに長い棒で中に押し戻した。九基の宝塔を包んだ炎は一時天を焦がすほどの勢いであったが、今ではすっかり弱くなり、一つ二つと黒焦げの木材がぐしゃりと崩れ、地にへばりつくように燃えている。

煙や悪臭に耐えられず、草むらに駆け込んで吐き出す女官の姿も見られた。棺を載せた櫓が燃え落ちた頃、もう夕闇が迫っていた。

「終わったな」

ダルマルノの目は遺体を飛び越えて向かい側の男を睨みつけていた。瞬間、目が合った。それはこの世のものでないような魔物の目であった。歴戦の勇士であったこの長老さえ震え上がらせるほどであった。

やがて銅鑼が鳴り、葬儀の終了が知らされた。見物客は三々五々と去っていく。数十名ほどの後片付け係の役人を残して宮殿関係者も随時帰路に就き始めた。もはや整列はしていない。音楽隊は楽器を担いで仲間と談笑しながら帰っていく。王族や大臣、外国の大使たちは儀仗兵や親衛隊に守護されて宮殿へゆっくりと戻っていくが、もはや兵士たちに緊張感はあまりなく、笑みさえ浮かべる者もいる。

ところが、一つだけ緊迫した空気に包まれた輿があった。スレイマンである。来たときの三倍の兵がスレイマン配下の兵を押し退けながらじわじわと取り囲むようにして同行していった。モンクル配下の兵である。そのモンクルは葬儀には参列せず、秀明とともに宮殿の守備隊の中にいた。国泰が入れられている座敷牢の周りにはスレイマンの配下の兵が見張りをしていた。

「もう葬儀は終わるだろう。よし、行くぞ」

モンクルは三尺の長剣を抜き放ち、駆け出した。その後を秀明も付いていった。目の前には盾のようなモンクルの大きい背中があったが、なぜか秀明は震えが止まらない。

「秀明、無理はするな。日頃、おれが教えている通りにすればいいんだ」

そう言って振り返り、白い歯を大きく見せた。二人の後ろには二十名の兵が槍や剣をかざして付いてきている。モンクルが座敷牢のある建物の扉に手をかけようとしたとき、ガラッと開いて太った兵が顔を出した。次の瞬間、長剣の切っ先が兵の喉を刺し抜いていた。真っ赤な鮮血がほとばしり、巨体が無言のまま地に吸い込まれた。その屍を飛び越えて、どっと中に押し入った。

「何者じゃ？　止まれ！」

三人の兵が槍を構えて阻止しようとした。そこは十畳ほどの衛所であった。奥に座敷牢に続く狭い廊下がうっすらと見えた。

「あっ、親衛隊のモン……」

と一人が言い終わる間もなく、長剣が弧を描き、二人の兵が仰向けに倒れ、他の一人もたちまち後続の兵たちによって串刺しにされた。

狭い廊下を抜けると視界が開けてきた。酒や肉の焼ける香ばしい匂いがした。二十畳余りの詰所である。十数人の兵士たちが酒宴を開いて盛り上がっていた。その大半が酩酊している。談笑する口も呂律が回らない様子であった。血刀をかざしてテーブルに近づいても誰も気づかない。モンクルはこちらに背を向けて地鶏にむしゃぶりついている兵士めがけて真横に剣を払った。ビュンと首が飛び、向かい側の兵士の皿の上に行儀よく乗った。口には地鶏を咥えたままであった。

やっと異変に気が付いたのか、慌てて槍や剣を取って応戦をした。詰所の左手に鉄格子があるのを秀明が見つけた。思わず駆け寄り、松明をかざした。目を閉じてベッドの上にじっと腰掛けている国泰の姿を確認した。

「父上!」

その声に反応してか、国泰の体が動いた。

「秀明か……」

暗い鉄格子の中から絞り出されるような声が返ってきた。秀明が鉄格子に近づこうとしたとき、背後に迫るものを感じた。

「危ない！」

父の悲痛な声が聞こえる前に秀明は振り向きざまに剣を一閃させた。槍もろとも兵士の額が割れて、そのまま潰された蛙のような声を上げて倒れた。そこへ左方から斬り込んでくる。それを受け流し、袈裟に斬り下げた。剣が兵士の首筋にざっくりと食い込み、吸い込むように胸部を切り裂いていくのがわかった。

「秀明、よくやった。見事だぞ」

モンクルが後ろから肩を叩いた。さっきまで酔い痴れていた衛兵たちは二度と酒を飲むこともできず、血まみれの骸と化した。やがて鉄格子が開けられ、無精髭に覆われた国泰の顔が燭台の灯りに照らされた。

「父上、御無事で」

思わず国泰の胸に飛び込んだ。冷たい節くれだった手で血まみれになった息子の手を握った。ガシャンと剣が床に落ちた。と同時に秀明の体から緊張感が解き放たれ、得体の知れない感情に襲われた。わなわなと震えが激しくなり、その場でわっと泣き出した。

「愚か者、泣く奴があるか」

今までにない優しい声だった。頭を押し付けるように強く撫でた。

「国泰殿、すべてはスレイマンと張大福の陰謀です。長老にはすでに知らせてあります」

すべてを見通していたかのように静かに頷いた。

四

斎場から宮殿に戻ったとき、もうすっかり闇に包まれていた。王族や大臣たちはまず正殿に集まり、ナージャは司祭者から壷に入った遺骨を受け取ると沈痛な面持ちで中央の階段を上がって最上段の祭壇に供えた。カルナに手を引かれたスサントが指を咥えながら階段を上り、母の傍らに座った。その隣にカルナも座り、母の悲しげな様子を心配そうに見つめていた。

宰相や大臣たちも所定の席に着いた。が、一つの輿だけがまだ主人を載せたまま階下にあった。

「おい、早く下ろせ。何をしている」

怒気を帯びた声が響くと輿の御簾が撥ね上げられ、ぬっと顔を出した。そこで初めて異変に気が付いた。周囲は見覚えのない兵士ばかりである。一斉に兵士たちは敵意に満ちた目で睨みつけた。

「こざかしいことを！」

スレイマンは輿から飛び降りると左手を伸ばした。いつもなら太刀持ちがすかさず彼の長剣を差し出すのだが、掌は空をつかんだだけだった。慌てて腰のクリスを抜こうとしたが、それより早く周囲の兵士たちに取り押さえられ、鞘ごと抜き取られてしまった。

「無礼者、放せ！」

「わめくな、青二才」

ダルマルノが前に立ちはだかった。

「老いぼれめ、お前の悪知恵か」

「ははは。それはこちらの台詞だ。陰謀は暴かれたぞ。あの女官が息を引き取る直前に真実を話してくれたのだ」

傍らから国泰、秀明、モンクルが姿を現した。秀明の姿を見たカルナの顔がほころんだ。

「そういうことか。ふふふ……」

ふてくされた笑いを闇に吐いた。

「放せ、下郎ども！　今となっては手向かいいたさぬ」

ダルマルノが軽く頷くと、兵士たちに放すよう促した。ぬっと蛇が身を起こした。

「確かに兄上を殺したのはこの俺だ」

どっとざわめきが起こり、ナージャの悲痛な泣き声が聞こえた。

「だが、兄上はどちらにせよ殺される運命だったんだ」

そう言いながら衣服の埃をわざとらしく叩いて払い、冠を正した。

「それはどういうことだ」

「それはな……」

と言いかけたとき、ものすごい爆発音が聞こえ、地響きがした。それも一回や二回ではない。立て続けに炸裂音が響き渡った。皆、何が起こったのかわからず、ただ右往左往していた。

そのとき早馬が到着した。

「申し上げます！　巨大な外国船の艦隊が火を放って攻めてまいります」

「何じゃと！」

驚嘆するダルマルノを嘲笑するかのように不気味な笑い声が闇を引き裂いた。

「ははは。神の御加護だ。すべては俺の計画通りだ。実はな、マラッカはもうポルトガルの掌中にあるのだ」

周囲の動揺は激しさを増した。

「どうせ俺を捨てた国だ。どうなってもいい。しかし、俺は奴らと取引したのさ。マラッカ王国と引き換えにこのバハギア王国の利権と財宝を所有することをな。あれは念のために要請しておいたポルトガルの援軍だ。船から放っているのは大砲という新兵器さ。もう槍や剣の時代ではない」

「悪魔め、王族の恥じゃ！　許してなるものか」

長老の目がかっと見開いた。稲妻のようにクリスが走った。が、急所をはずれて左腕に突き刺さった。

「老いぼれめ！」

逆上した王子は傍らの兵士の剣を奪って下から斬り上げた。さらに返す刃で思い切り喉を突き刺した。白い髭が真っ赤に染まり、そのまま仰向けに倒れた。

「ダルマルノ様！」

モンクルは長老の屍を飛び越えて斬りかかった。二、三合斬り結ぶと大蛇が大きく跳躍した。すかさずモンクルは体を一転させて剣を走らせた。鈍い音が聞こえた。王子は階段の上の方に着地するとこちらを振り向いて苦笑した。

「さすがはモンクル、手強い」

王子の白いズボンの右腿から鮮血が流れていた。が、また背を向けると階段を駆け上がって血刀をナージャに突きつけた。恐怖でスサントはわなわな震えていた。

「姉上、今宵から私が国王です。参りましょう」

と細い手をぎゅっとつかんだ。

「たわけたことを」

スサントとカルナを庇いながら、きっと睨みつけた。

「以前からお慕い申しておりました。私の方が兄上よりもずっと若くて有望ですぞ」

そう言って無理やり引き立てようとした。その魔物の手を横から小さな手が振り払った。

「邪魔するな！」

次の瞬間、小鳥のような体が地に転がった。

「姫！」

秀明は剣を抜き放って階段を駆け上った。

「小僧、動くな！　近づけばお后の命はないぞ」

邪悪な男はナージャの首筋に剣を突きつけながら、奥の方へ連れ去っていった。わっと
スサントが泣き出した。秀明はカルナを抱き起こした。

「私は大丈夫。母上を助けて」

そう言いながら泣きじゃくる弟を抱きしめた。大きくうなずくと奥の方へ行こうとした。

「待て、秀明！　お后様は私がお助けする。君は姫と若君を守ってくれ」

「モンクルさん、私も行きます」

「お二人をお守りするのが君の使命だ」

国泰も階下でそうだそうだと頷いている。周囲は騒然とした様子で、親衛隊と王子配下の兵士の間で小競り合いが始まった。モンクルは親衛隊に早口で指示を出すと、長剣をひっさげて奥へ突き進んでいった。秀明は二人を安全な場所へ避難させ、国泰は狼狽している宰相のところへ駆け寄った。

「宰相、しっかりして下さい。奴の配下はわずかです。ここは親衛隊に任せればいいでしょう。それより早く軍隊を港の方に集結させて敵の上陸に備えて下さい」

宰相は慌てて軍の司令官や諸大臣を別室に集めて緊急会議を開いた。階下では親衛隊がスレイマンの配下の兵士を押し包むように倒していった。

しかし、砲声はますます激しさを増し、港の方に火の手が上がるのが宮殿からもよく見えた。国王の急死に続き、外国艦隊の予期せぬ襲来に人々の動揺と混乱は頂点に達していた。砲弾の餌食になる者、煙に巻かれて苦悶の中で息絶える者、親とはぐれて泣き叫ぶ子ども、その子どもを踏み殺してわれ先に逃げる者など、それは地獄そのものであった。

さて、スレイマンはナージャを無理やり寝室に連れ込んだ。

「姉上、観念してわが妻となれ。不自由はさせませぬ」

「恥を知れ！　これ以上近寄ると死にますよ」

枕元にあった護身用のクリスを引き抜いて細い喉元に突きつけた。

「死にたいのならいつでもあの世へお送りいたしますよ。時が経てば私の良さもおわかりになるでしょう。それよりもだ」

蛇の目が光ると、顔をぐっと近づけた。

「月の涙はどこにある！」

ナージャの体がこわばった。それは目前の大蛇に汚される恐怖ではない。自分の身よりも遥かに尊いものを奪われる恐怖であった。

「あれはわが国の宝です。あなたのような人に……」

「手渡したくないのは百も承知だ。どうです。取引しませんか。あれさえ渡してくれたら自由の身にしてさしあげよう」

「いやです！」

「なら、探すまでだ」

剣で箪笥や鏡台を叩き壊しながら、手当たり次第に衣類や宝石類を引きずり出した。

「やめなさい！」

阻止しようとしたが、反対に突き飛ばされた。が、ナージャは王子の右腿と左腕が血に染まっているのを見逃さなかった。

「うっ！」

右足に激痛が走った。クリスが右腿の刀傷のあたりを突き刺していた。

「おのれ、何をする」

ものすごい形相で睨みつけると力任せに剣を振り下ろした。甲高い悲鳴とともに細い体がぐしゃりと倒れた。そのとき扉が大きく開いた。

「お后様！」

王子の足元に横たわっている麗人の姿を眼にして、モンクルは逆上した。

「何とむごいことを！」

三尺の剣がうなった。鈍い金属音とともに王子の剣が真っ二つに折れ、左目を斬り裂いた。かっと右目を見開いたまま鬼のような形相で睨みつけた。二の太刀を浴びせようと真横に払ったが、それよりも早く蛇の体は窓から外へ躍り出た。

「お后様、しっかりなさって下さい」

剣を投げ出し、ナージャを抱き起こした。

「おお、そなたは……」

「御安心ください。奴は深手を負って逃げました」

そこへ秀明たちも駆けつけた。カルナは母の寝室の荒れ模様に驚いた。さらにモンクルに介抱されている母の姿を目にすると心臓がつぶれそうになった。

「母上！　死んではなりません」

左の肩から心臓にかけてザックリと斬られていた。

「カルナ、スサント！　よくお聞き。父上も亡くなられ、国は悪人に乱され、外国にも攻められています。私ももう長いことはないでしょう。しかし、おまえたちは生きなければなりません。何があっても生きるのです。モンクルや秀明たちと力を合わせて王国を立て直すのです。その時が来るまで安全な場所で……」

二人は泣くのをじっと我慢しているようだった。国泰は応急の手当てをしていたが、傷の深さからとても助からないと悟った。

「秀明、お願い。ベッドの下の小箱を……」

ベッドの下に手を入れると繊細な彫刻を施した小箱があった。

「中を開けて」

蓋を取ってみると三日月を象ったペンダントが入っていた。

「それをカルナの首に……」

言われるままにそれをかけてあげた。するとどうだろう。錯覚かもしれないが、秀明には青い光を放ったように見えた。

「それが王国の宝、月の涙です。肌身離さず持っていなさい。必ず王国再興に役立ちますよ。秀明、カルナを……」

と言いかけたとき、脈を取っていた国泰の表情が硬くなった。そして大きく首を横に振った。二人の幼子の号泣する声が響き渡った。

一方、宮殿内のスレイマン配下の兵士は鎮圧したものの、ポルトガル軍は上陸を開始した。指揮官はポルトガル人だったが、兵士の大半はマラッカで徴用された先住民であった。

「一歩も奴らにこの地を踏ませるな。矢を放て！」

守備隊は上陸してくる兵を弓矢で迎え撃った。しかし、敵は隊列を組んで一斉に棒状のものを突き出して構えた。

「何だ、あれは。変な槍の構えだな」

守備兵たちから嘲笑する声が上がった。ところが、次の瞬間、ものすごい音響とともに棒の先から火花が飛び散った。あっという間もなく、ぱたぱたと守備兵が倒れていった。白い煙がたちこめ、爆竹を鳴らしたときのような臭いが漂った。するとまたそこへ炸裂音とともに火花が飛び、兵士が次々と倒れていった。

この最新兵器の前に守備兵たちは愕然とした。恐怖の余り士気も消え失せ、逃げ惑うしか術はなかった。市街は炎に包まれ、ポルトガル軍は略奪、暴行をほしいままにしていった。

「国泰殿、どうする」

「もはや宮殿すら危ない。北のデカット港なら航海に耐えられる船がいくつかあるはずだ。避難民も乗せられる」

「それしかないな。馬を飛ばしていこう」

モンクルはナージャの黒髪を剣で切り取り、布きれに包んでカルナに手渡した。

「本来ならば立派なご葬儀をして差し上げるのが礼儀でございましょうが、今は一刻を争うときです。これをお持ち下さい。いつの日か帰ってきたときに盛大に執り行いましょう」

どうしても母の遺体から離れたくなかったが、外では火の手が上がり、銃声が絶え間なく鳴り続け、人々の悲鳴も聞こえており、危険が迫っていることを悟った。亡骸をベッドの上に寝かせると一行はそこを離れた。

モンクルは泣き喚くスサントを背負い、落ちないようにしっかりと布で自分の体に縛りつけた。そして厩舎から馬を三頭次々と引き出した。

「若、しばらくの御辛抱でございます」

そう言って、先頭の馬に跨った。秀明は二頭目の馬にまずカルナを乗せ、続いてその後ろに跨った。甘い黒髪の匂いがして、秀明は少し胸が高鳴った。そして、国泰がしんがりについた。

一行は北に向かって疾走した。夜空は真っ赤な炎に染められて宮殿を呑み込もうとしていた。森の中を走ると、疲れ果てた避難民たちが眼下に燃える街を呆然と眺めていた。

「皆の者、ここもまもなく敵が来るだろう。北のデカット港へ行くがよい。島を脱出するんだ。ルソンでもツーランでもいい。行けるところまで行くのだ。おまえたちが生きている限り王国は不滅ぞ！」

モンクルの声はよく通った。その言葉に勇気づけられ、人々は再び歩き出した。馬上の青年は、白い歯をちらっと見せて再び鞭打って疾走した。

そのころデカット港付近の漁村では騒ぎを知らず、静かな夕飯のひとときを過ごしていた。

「街の方で大火事があったみたいだぞ」

野良仕事で遅く帰宅した農夫が家の者に告げた。子どもたちが外に出てみると果たして南の空は赤々と燃えていた。やがて異変に気づいた村人たちがぞろぞろと戸外に出て空を見上げながら騒ぎ出した。

「王様がお隠れになったと聞いたが、何か災いでも……」

村長が杖の先で空を指しながら顔を曇らせた。ちょうどそこへ蹄の音がした。振り返ると、男が馬から転げ落ちるのが見えた。慌てて松明を持った村人たちが駆け寄ってみると、宮殿から来た役人らしい。役人はその場でうずくまっていたが、村人たちが介抱して水を飲ませるとようやく人心地がついたようだ。

「よいか。これから言うことを落ち着いて聞け……」

杖をつきながら村長が役人の前に歩いてきた。そして、杖を大きく上げて、あちこちで騒いでいる村人たちを静めた。役人は喉の奥から搾り出すような声で宮殿内であった一部始終を伝えた。それを聞いた村人たちは再びわっと騒ぎ出した。

「静まれ！　さあ、村の者全員を広場に集めよ」

杖で激しく地を叩いて促した。まもなく村の家々の前には篝火が立てられ、広場には八十名足らずの老若男女が集合した。

「ついに我らが王国に尽くすときが来た。事情は聞いての通りじゃ。まもなくここへ多くの避難民がやって来よう。陛下から授かった、あの八艘の大船に乗せて逃がしてやるのじゃ。男たちが操れ！　女たちは身の回りの世話をせよ。老人と子どもは漁船で逃げよ。今すぐ食料や水、着るものを整えるのじゃ」

静かな漁村は祭のような騒ぎとなった。男たちは船の準備に取り掛かり、女たちはそれに積み込む荷造りに、老人や子どもたちは温かい食べ物を作って避難民に提供しようとしていた。

それから半時ほど経って、秀明たちが到着した。モンクルが馬上で来意を告げる前に、わっと村人たちが手を休めて集まってきた。やがて村長も挨拶に出た。馬上の麗しい少女の姿を見て、思わず跪いた。

「姫様……。よくぞ御無事で」

その声を聞いた村人たちは手にしている道具などを放り出し、跪いて平伏した。一行が下馬すると、村長の屋敷に案内された。村人たちは屋敷の外から可愛い貴人たちの様子を珍しそうに眺めていた。

「それはありがたい。おかげで多くの人を助けることができる」

村長の口から船の準備や避難民救済に全力を挙げている旨を聞き、モンクルは膝を叩いて喜んだ。

まもなく避難民が村に流れてくると、万全の態勢で乗船させることができた。船が出帆したころには宮殿はポルトガル軍の手に落ち、兵士たちは財宝などの略奪に夢中になっていた。

静かな海だった。とても陸上の争乱など信じられないくらいだった。船が進むにつれ、燃え盛る炎に包まれた島を無言のまま見つめながら、誰もが涙を流していた。

「国泰殿、これから先のことはわからない。外国のことはあなたの方が明るいだろう」

遠ざかっていく島を背にモンクルは少し疲れた表情を見せた。

「スラウェシ島もまもなくポルトガルに占領されるだろう。まずはルソンに行って食料と情報を手に入れる。それから琉球に渡る」

「琉球？」

「あそこは平和な王国だ。明国にも近いし、日本にも近い。何とかなるだろう」

「日本って、明国のどの辺にあるのですか」

国泰は手を大きく振って、懐中から地図を取り出し、船室のテーブルの上に広げた。秀明が燭台をかざした。

「ここがバハギア王国、ここがルソン、この小さな島が琉球、その上にある弓形状の島が日本だ」

国泰以外、この中で世界地図など見た者はいなかった。モンクルは頭を抱えた。スサントは大人たちが何を言っているのかさっぱりわからない。秀明とカルナは興味深そうに指で地図をなぞっていた。そして二人の小さな指が自然と日本のところで触れ合い、顔を見合わせた。思わず顔を赤らめ、気まずくなった秀明を見逃さなかった。

「小さな国ね。どんなところかしら」

甘い声でささやくと、大きな瞳でじっと秀明を見つめた。その視線に耐えられなくなった秀明は、ただ首を横に振るばかりだった。

「顔型は明国人に似ております。明国の文字も箸も使われております。武人は勇敢で、高貴な女性は美しく教養も高いそうです」

国泰の説明にカルナはますます関心を抱いたのか、地図の日本を何度もなぞった。

「日本……」

とつぶやいて秀明の肩にもたれた。一五一一年秋のことであった。

琉球のかぐや姫

月の涙

一

あれから八年の年月が経った。琉球の風は優しく心地よかった。尚真王《しょうしんおう》の庇護の下、カルナは二十歳の美しい娘に育っていた。服装も言葉も琉球風にし、すっかりこちらの生活に馴染んでいた。その美しさは琉球士族の若者たちの心を捉えて離さなかった。

「かぐや姫よ」

カルナはそう呼ばれていた。マレー語の語音が訛ったものだが、本人はその柔らかい言葉の響きが気に入っていた。

「例の話だが……」

「そのお話なら、お断り申し上げたはずです」

王は困惑した面持ちで笏を縦にしたり横にしたりしていた。

「まさか意中の者でもおるのか」

びくっとして大きく首を横に振ったが、その大きな瞳には何やら落ち着きがなかった。

「それならば、一度会ってみるだけでもどうじゃ。皆、貴人の好男子だ」

「その気になりましたときに……」

「ははは。そうやってもう何度も縁談を引き延ばしてきたのじゃ。少しは余の顔も立ててくれ。以前からまだかまだかと突き上げられて困っておるのじゃ」

カルナも正直心苦しかった。琉球に来てからというもの、尚真王はわが子のように自分とスサントを大事に育ててくれた。この恩に報いねばならないと思いながらもこれだけは応じられなかった。恐縮して畳に頭をつけるほど平伏し、ゆっくりと顔を上げ、分厚い下唇を大きく開こうとしたとき、呼び鈴が鳴った。すると横の控えの間の襖が開いた。そこには四人の若者が平伏していた。

「この者たちがそなたと夫婦になりたいと申し出ておる」

男たちの方は見ずにただうつむいていた。王が合図を送ると、四人は顔を上げた。

「知念従正《ちねんつぐみち》でござります る」

細身の美青年で目鼻立ちも整っており、教養もありそうだったが、やや好色そうな目つきをしていた。

「金城政義《きんじょうまさよし》でござりまする」

体格の良い剛胆な感じのする青年である。

「名護金吾《なごきんご》でござりまする」

丸顔で小太りの若者は前の二人に比べて見劣りをするが、誠実そうに見えた。

「田名成道《たななりみち》でござりまする」

青白い顔をした病弱そうな暗い青年だった。話す言葉もぎこちなく、視線も定まらなかった。

「どうじゃな、姫。いずれも将来はわが王国を担う名門出身の青年じゃ」

黙ってうつむいている姫の顔を知念はいやらしい目つきで覗き込もうとしていた。それをたしなめるように金城が大きな咳払いをした。姫が袖を口に当ててくすくすと笑い出した。

「失礼いたしました」

金城の銅鑼を叩いたような声に思わず顔を上げた。とたんに四人の口から感嘆の声が上がった。

「以前幾度かお姿を拝見いたしましたが、これほどの美しい方とは！　あたかも天女か、月の女神のようじゃ」

目を輝かせて知念が美辞麗句をわざとらしく並べ立てた。その刹那、美しい瞳が一瞬、刃のように光った。

「知念様。天女や月の女神をご覧になったことがございますの」

意表をつかれた知念は返答に詰まった。

「それはその、見たことはございませんが……」

語尾はほとんど聞こえなかった。

「ご覧になったこともないものにたとえられても困りますわ」

金城がライオンのような口を開けて笑い出した。

「見かけによらず姫は気丈な方ですな。気に入りました。是非私の妻になってくださりませ」

それにつられて我も我もと後の三人が求婚を申し出た。

「お待ちください。実は大切なことを忘れておりました」

そう言うと王に軽く会釈をして言葉を続けた。

「もう一人おられるのです。求婚を申し出た方が」

王が怪訝な顔をした。

「ほう、そうなのか。で、その者は誰じゃ」

「久米村の謝名《じゃな》秀明様でございます」

青年たちは顔を見合わせて驚嘆した。謝名秀明とは李秀明の琉球名である。

「あの通事か。姫とは身分が違う。しかも唐人だし……」

知念が不服そうにぼやいた。

「身分や家柄などヤドカリの殻のようなものです。殻を失えば生きてはいけなくなります。そのような殿方は好みませぬ。それに琉球人であろうが唐人であろうが同じ人には変わりません。第一、この私も琉球人ではなく、異国の者でございます。皆様は異国の者に求婚しているのですよ」

その理路整然としたもの言いにすっかり知念は色を失った。王は大きく頷いた。

「姫の申すことにも道理がある。李秀明は有能な人材じゃ。明国との交流はさらに重要になる。秀明には十分働いてもらいたい。それに姫とは幼馴染でもある。候補の中に入れても支障はあるまい。さて、聡明な姫のことじゃ。五人の中からいかにして選び出すのか楽しみじゃのう」

王の言葉に姫は満面に笑みを浮かべた。

「五人の方には私の所望するものを期日までにお持ちいただきます。しかし、いずれもこの世に二つとないものばかり。所望通りのものをお持ちいただいた方に嫁ぐことにいたします」

四人の目が変わった。身を乗り出して次の言葉を待った。

「知念様には明国の黄河に住むという龍神のミイラを持ってきてください」

「龍神のミイラ？」

意外な要望に知念は目を丸くした。

「金城様は不老不死の妙薬をお持ちください」

「不老不死……。うむ、承知した」

そうは答えたものの、表情は硬かった。

「名護様には火鼠の皮衣を」

「ひねずみ?」

そう言ったまま考え込んでしまった。田名はもう泣きそうな顔をしていた。体を硬くしたまま、姫の口元が動くのを待っていた。

「田名様にはあの空の雲を取ってきてください」

それを聞いたとたん、空気が抜けた風船のようにしぼんでしまった。

「では謝名秀明には何を」

知念が半ば声を荒立てて尋ねた。姫はそれを待っていたように即答した。

「秀明様には燃える水をお持ちいただきましょう」

四人の若者は困惑と焦燥の面持ちで王の方に視線を向けた。しかし、王は口を固く閉ざしたまま俯いてしまった。ただ姫一人が落ち着いた表情で微笑んでいた。

二

久米村は福建など中国からの移住者による居住区である。自ら「唐営」と称していたこの地区には中国風の廟が建てられ、独自の文化を形成していた。国泰がここに安住の地を求めたのは同郷の者が生活していたためである。ここの住人たちは明国と琉球との架け橋としての役割を果たしていた。国泰とともに秀明も通事として活躍していた。

カルナが四人の若者と見合いをした数日後、数人の兵士に守られた輿が久米村の国泰の屋敷に到着した。

「国泰殿！」

日焼けした隊長格の男がよく通る声で玄関の前に立った。やがて明国の平服を着た国泰が厳かに出てきた。その風貌は昔ながらであったが、暮らし向きがよくなったためか、穏やかな目つきとなり、髪にもいささか白いものが混じっていた。

「おお、モンクル。久しいのう。達者でおったか」

モンクルはその武芸の腕を買われて王宮の警備とカルナとスサントの護衛を務めていた。そのスサントももう十五歳の少年となっていた。輿から降りたスサントは服装こそ琉球貴族であったが、ふっくらとした顔つきは亡き国王にそっくりであった。

「ご機嫌うるわしゅう存じます」

マレー語ではなく、きれいな琉球語であった。七歳のとき、突然両親と死に別れ、国泰らとこの地にたどり着いた。しかし、幼い姉ではとても親代わりはできなかったので、国泰のはからいで王族の子女として二人を育ててくれるよう尚真王に願い出たわけである。琉球王族の乳母に育てられたスサントはもはや琉球語の方が上手になっていた。

「しばらくお会いにならぬうちに立派になられましたな向蘇山《しょうそざん》様」

向蘇山とはスサントの唐名《からな》（中国式の呼び名）である。琉球に唐名が定着するのは近世になってからだが、琉球が明国の冊封《さくほう》体制下にある以上、カルナとスサントの存在が張大福に知られることを恐れて、かぐや姫と向蘇山という変名を用いていた。ちなみに「向」とは尚真王家の分家である。実はモンクルも宮中では蒙克《もうこく》、国泰も諱名国泰と名乗っていた。

「秀明兄さんはおいでですか」

国泰は大きくうなずいて二人を座敷に上げた。父に呼ばれた秀明が客間に来てみると、体格のいい三十がらみの勇士と丸顔の目のくりくりした下唇の厚い高貴な少年が座っていた。

秀明は何かを叫ぶと思わず駆け寄って、二人の手を取って歓喜した。

「久しぶりですね。お元気そうで」

秀明は浅黒い細面の顔一杯に笑みを浮かべた。もう背丈も五尺七寸（約一七一センチ）にも伸び、体格もよかった。鼻筋の通った端整な顔立ちに健康的な白い歯が好印象を与えた。が、秀明にはいまひとつ喜べないことがあった。

それをすばやく察知したスサントは懐中からある物を取り出して差し出した。漢字で書かれているものの、明らかにカルナの筆跡であった。秀明の目が輝いたのをモンクルは見逃さなかった。

「変わらないな、秀明」

そう言ってスサントと顔を合わせて笑った。中を広げると見事な漢文で書かれているのに感動した。一読してうんうんとうなずいたが、また二度三度と読み返した。

「そうか、そうか。面白いことを考えたな」

そう言って書状に鼻を近づけた。芳しい香りがした。香を焚きつけたのであろう。

「かぐや姫か。その名の通りだ」

「承知していただけますね」

スサントが身を乗り出した。

「承知した。姫のため、一世一代の大芝居を演じましょう」

「大芝居？　いや、芝居では困ります。本当の兄さんになってもらわなければ」

急に顔を赤らめた秀明にモンクルはじれったくなった。

「恥ずかしがる年頃でもあるまい。姫にこれ以上さびしい思いをさせるな」

背中をポンと叩いた。

「そうですとも。母が息を引き取る前に言った言葉をお忘れですか。『秀明、カルナを』と。あの言葉だけは忘れません。国泰殿もお聞きになったでしょう」

「ああ、確かに」

そう答えて秀明から手紙を受け取り一読した。

「さすがは姫だ。男子ならば孫子よりも優れた軍師になられたであろう。秀明、おまえはもう一人で立派にやっていける。姫を娶って新しい道を開け」

そう言うと奥の方へ行ってしまった。

「若君、こんな兄でよろしければ……」

「何を堅苦しいことを。姉上をよろしく頼みます」

やがて奥から国泰が酒徳利と肴を持ってきた。モンクルがそれを受け取り、杯や皿を配った。

「男所帯で何もないが、まずは祝杯じゃ」

四人は杯を酌み交わし、昔話で盛り上がった。

三

さて、一ヵ月後、王宮に五人の若者が参内した。玉座には王が座り、その下座にカルナが控えていた。王が合図をすると、襖が開いて五人が平伏した。

「知念従正殿、これへ」

知念は姫の前まで進み、王と姫に一礼した。

「知念様、お約束のものを」

姫が催促すると後ろの従者から縦横二尺余りの大きな箱を受け取り、差し出した。

「お開け下さい」

知念は懐中より紫の敷物を出して畳の上に広げた。そして、蓋を開け、中のものをゆっくりと箱から出して敷物の上に置いた。次の瞬間、側近たちの間に小さな悲鳴が上がった。王も思わず顔を背けた。が、カルナだけは平然としていた。

「これが黄河に住む龍神のミイラですか」

そう言って、そばに寄って眺めた。頭は小犬ほどの大きさで黒く干乾びている。頭上には二本の鹿の角のようなものが生えていた。歯は鋭く、鼻には白くて長い髭があった。体長はどれだけあるかわからないが、とぐろを巻いたまま干乾びていた。鱗のようなものも見える。前の方に足のようなものも見える。

「姫、お気に召しましたか」

かなり自信に満ちた表情の知念だったが、どことなく落ち着きがない。

「知念様、これはどのようにして得られましたか」

「そ、それは……。明国に渡り、武芸者に大金を払って龍神を退治させてミイラにしたものです」

「あれからわずか一ヵ月余り。ここから明国に渡って龍神が住むという黄河の源流まで行くのでさえ一月近くかかるでしょう。ましてミイラになるまではかなり……」

そう言いかけて、龍神の角を二本とももぎ取ってしまった。おおと周囲から声が上がった。さすがの色男も色を失った。

「これは鹿の角」

さらに髭を引っ張って取った。

「これは鯨の髭、足はトカゲ……」

そして力を入れて首と胴体をはずした。

「頭はワニで、胴体は大蛇、この鱗は鯉かしら」

知念は体を縮めて平伏したまま動けなくなってしまった。

「なるほど。いろいろな動物の部分をつなぎ合わせたわけか」

尚真王は思わず吹き出してしまった。続いて金城が前に出た。

「金城様は不老不死の妙薬でしたね」

「いかにも」

金城は中国風の香炉のような容器を差し出した。そして、蓋を開け、中から黒い丸薬を数粒取り出して懐紙の上に載せた。

「それでは金城様、それをお飲みください」

「はっ？」

「どうぞお飲みください」

言われるままに呑み込んだ。皆がじっと様子を窺った。別段変わった様子もなかった。

「姫、この通り大丈夫です。毒など入っておりません。不老不死の妙薬でございますれば」

そこまで言いかけたとき、カルナはいきなり立ち上がり、懐中よりクリスを取り出し、えいと抜き放った。周囲が騒然となった。側近の者たちが姫を取り押さえようとするのを王が制止した。

「それが本当の不老不死の妙薬ならば、あなたを斬っても刺しても死なないはず。さあ、参りますぞ」

クリスを逆手に握って振りかぶった。

「姫、待たれ待たれ！　お許しくだされ、それは不老不死の妙薬ではございません。ただの胃薬でございます」

どっと笑い声が上がった。慌ててそれを片付けて後に下がった。次に名護が呼ばれた。

従者から小箱を受け取って、差し出した。

「火鼠の皮衣でござりまする」

蓋を開けると白い毛皮の衣が入っていた。それを取り出すと障子戸を開け、庭に控えていた者に渡した。

「皆様、庭をご覧下さい」

すでに一人の男が小さな薪を燃やしていた。火鼠の皮衣を火の中に入れた。まもなく皮衣は炎に包まれ、小さく縮むようにして燃え尽きてしまった。

「あれは偽物ですね。火鼠の皮衣ならどんな大火にも燃えないはず……」

名護は衣の袖で顔を隠しながらその場を引き下がった。次に田名が呼ばれた。おどおどしながら前に出た。しかし、彼は何も差し出さなかった。

「どうなさいました、空の雲は」

うつむいたまま体を硬直させていた。やがて体を小刻みに震わせ、何かすすり泣くような声を出し始めた。

「どうなさいました」

カルナの声を聞くや幼児のように泣き出した。

「そ、そ、空の雲なんて、それこそ雲をつかむような話だ」

とつぶやいて前よりも大きく泣き喚いた。周囲からはどっと笑い声が巻き起こった。カルナはそれを制止し、田名の傍らに跪き、そっと肩に手を置いた。

「このようなことで心を痛めないで下さい。田名様はとても正直なお方ね。きっと私よりも素敵な姫君が現れましょう」

田名が従者に支えられて下がると秀明の名が呼ばれた。秀明は恭しく振る舞いながら前に出た。その後ろには久米村から連れてきた一人の若者が控えていた。秀明が合図すると、三十センチ四方の木箱を差し出し、蓋を開けた。そして中から陶器の壷をゆっくりと取り出した。

「あれもどうせまがいものじゃ」

そう冷笑する声が聞こえた。姫が何かを言おうとしたとき、王が笏を上げて声のする方を制止した。秀明は意にも介さず、木箱から小皿を取り出し、壷の中の液体を注いだ。かなりきつい臭いが広がったので、ほとんどの者が袖で鼻を覆った。それは黒くてどろどろとした液体だった。それをさらに三方の上に置いて、差し出した。

「ご所望の燃える水でございます」

カルナは大きく頷くと、燭台の蝋燭の火を黒い液体に近づけた。たちまちぽっと音がして炎が立ち上がるや、周囲から歓声が上がった。カルナの満足そうな顔が炎に映し出されていた。

「お手数をおかけしました」

蝋燭を燭台に戻すと、王に向かって一礼した。

「ご照覧いただけましたでしょうか。これこそ私が求めていた燃える水でございます」

その正体は原油である。バハギア王国周辺ではよく採掘できる。こちらに逃げるときに船に多く積んできたのである。

「うむ。これで決まりじゃ。姫は謝名秀明に与える」

秀明は平伏したが、今にも飛び上がりたい気持ちであった。このとき、知念は小皿で燃える火を見ながら、体の奥から激しい炎がめらめらと燃え上がっていくのを感じた。

四

秀明とカルナの婚礼が近づくにつれ、知念の生活は乱れていった。昼間から酒楼に上り、取り巻き連中の若者たちと飲めや歌えの遊興三昧であった。

「だいたいな、よその国から人様の国に上がりこんで、でかい面をするなど言語道断じゃ」

呂律が回らない。泡盛と豚肉料理の臭いが強烈に漂っている。うつろな目でぐだぐだとこぼす愚痴に取り巻きたちは忍耐強く相槌を打っている。その中に名護と田名の顔も見えた。名護は丸い顔でしきりに愛想よく振る舞っていたが、この酒癖の悪い道楽者に半ば嫌気をさしていた。田名は杯にほとんど口をつけず、泣きそうな暗い顔で黙ってうつむいている。

「よいか。わしは今まで女に不自由したことはないんだ。それを……。このわしをコケにしおって！　絶対に許してなるものか」

知念は立ち上がり、同じようなことをまた叫んだ。さらに円卓の上の料理を全部なぎ倒し、それの上に立って言葉にならないことを大きな声で叫んだ。慌てて店の主人が駆けつけて困惑した表情でたしなめた。が、それを聞き入れるどころか、主人を足蹴りにした。見るに見かねた名護が作り笑いをして、なだめようとお世辞を並べ立てた。

「うるさいぞ、子豚野郎！」

知念の蹴りが丸顔を直撃した。冠が飛び、小太りの体が床に転がった。顔面から血が流れていた。その顔を押さえながら立ち上がり、拾い上げた冠の埃をポンと払い落とした。服装を正すと、目前の酔漢をきっと睨みつけた。

「もうおまえとは友達でもなんでもない。狂人は輿望《よぼう》を失い自滅する！　よく覚えとけ」

そうきっぱりと言って田名の方をちらっと見た。おどおどした様子で案山子のように立っていた。取り巻きたちも初めて見せた名護の毅然とした態度に驚嘆した。名護は足蹴りにされた主人に幾ばくかの金を与えると、そのまま階下に下りていった。

この騒ぎに奥座敷にいた数人の客が駆けつけた。見れば高級官僚のようである。騒いでいるのが上級士族の息子の知念であることを知って愕然とした。

「これは何という醜態じゃ。今ここには明国からの御来賓がお見えになっているのじゃ。慎まれよ」

「明国だと」

知念はその官僚を睨みつけると、杯をぐっと一息に飲み干した。

「その明国が悪いんだ。秀明！　生かしてなるものか」

そう吐き捨てて、殴りかかろうとしたが、取り巻きたちが慌てて取り押さえ、椅子に座らせた。田名はべそをかきながら呆然としているだけだった。

そこへ奥座敷から神経質そうな明国の役人が通事を伴って様子を窺いに来た。通事はただの酔漢であるから意に介さぬようにと取り繕っていた。ところが知念は性懲りもなく同じようなことをわめき散らした。

何か明国がどうのこうのとわめいていることだけは理解できた。接待役が慌てて座敷に戻るように促そうとしたが、その明国人はどうしても事情が知りたいと通事に伝えた。

するとと知念の取り巻きの中から多少明国の言葉がわかる者が事の経緯を簡潔に説明した。

その役人は一旦奥座敷に戻り、襖越しにそのことを主賓と思われる人物に伝えた。

「カグヤ……。ジャナシュウメイ……」

その主賓は二人の名前を聞いたまま口ずさんだ。そこへ接待役の高級官僚と通事が戻ってきた。襖を開けると、面目なさそうな顔をして、上座に座っている恰幅のいい男に頭を下げた。その両脇には若い遊女を侍らせていた。

「失礼をいたしました。最近の若い者は……」

頭をかきながら遊女たちに酌をするよう促した。

「その夫婦となる若者はもともと土地の者ではないそうですな」

そう言って杯の酒を一口飲んだ。

「姫は八年前に南洋の王国から参りました。詳細は存じませんが、両親を亡くされたそうで、首里天加那志《しゅりてんがなし》（国王）が不憫に思って姫と弟君の面倒を見ております」

男は腹をぽんと叩くと、大きく顔を崩した。

「ジャナシュウメイという青年も王族関係の方ですかな」

「いいえ、姫の王国に住んでいた華僑商人の子どもです。確か本名は李秀明。今では交易や通事の手伝いをやっております。若いですがなかなか優秀です」

その主賓はぽんと大きな腹を叩くと満面に笑みを浮かべた。

「秀明を御存知なのですか」

「いやいや、わが大明国の血を引く者が異国で活躍していることはうれしい限りです」

しかし、その笑顔の奥にどす黒いものが見え隠れしていた。ぐいっと杯を飲み干すとこう切り出した。

「あの知念という若者、しばらく私にお貸し願えぬか」

意外な申し出に接待役は困惑した。

「いやいや、ああいう男を必要としていたのじゃ。あのままでは駄目になる。わしの滞在中にいろいろと世話をしてもらいたい。そうすることで立ち直らせたいのじゃ」

「おお、何という慈悲深いお方だ。そのようなことなら喜んで取り計らいましょう」

「頼みましたぞ。琉球はよい国じゃ。酒はうまいし、女もきれいだ」

そう言って両脇の遊女の肩をぐっと抱き寄せた。

五

それから数日後、国泰の屋敷に一人の客が来ていた。明国の言葉を話していたが、発音が多少不自然であった。髪型も琉球人とも明国人とも異なっていた。髪を後ろで束ね茶筅のようにしていた。四十後半の年恰好で、眼光鋭く体格もよく、地味な麻の小袖に袴姿、腰には二尺もある脇差を差し、右脇に三尺もある反りの深い太刀を置いていた。

「国泰殿のおかげで大内家もますます隆盛を極めております」

真っ黒い日焼けした左頬に古い刀傷が見られた。

「細川は今でも嫌がらせをしているのですか」

「ええ、妬みですな。儲かるところには人が群がる。しかし、交易はこちらの方が上です。明国からの信頼も厚い」

「ところで……」

国泰は声を低めて話し出した。それを注意深く聞き取ると、刀傷の男は少し表情を硬くしてゆっくりと答えた。

「残念ながら事実らしいですな。その王子がポルトガルを後ろ盾にして悪政をしているようです。近くの島に逃げた住民たちも強制的に連れ戻され、苦しめられているとのこと。それにもっとまずいのは……」

そこまで言いかけたとき、秀明が宮殿から戻ってきた。その奇妙な身なりの珍客に一瞬とまどったが、一礼した。

「こちらが秀明殿か」

その不自然な発音から明国人ではないとわかった。しかも琉球人でもなさそうだ。

「こちらは日本の大内義興《おおうちよしおき》様御配下の浦島左兵衛《うらしまさへえ》様じゃ」

その聞きなれない長々しい名前に思わず吹き出しそうになったが、それをこらえて挨拶した。

「秀明でございます」

「なかなか聡明そうなお方じゃ。まもなく祝言をあげられる由、めでたい」

左兵衛はその後も何かお世辞のようなことを話し続けたが、秀明はふと八年前デカット港から脱出したときの様子を思い出した。確か地図を広げて「日本」の場所を確認した。しかもカルナが「日本」に興味を示していたようだった。

その「日本」から来た人が目前にいるのだ。カルナが「日本」とささやいた甘い声が蘇った。しかし、この無骨な左兵衛と、あのカルナのささやいた「日本」とはどうしても一致しない。

秀明は一礼するとその場を辞して、奥に行こうとした。

「秀明殿はおられるか」

玄関で若い男の声が聞こえた。思わず出てみると、知念であった。その後ろには田名がおまけのようにくっついていた。

「これは知念様。何か御用でも」

その色男はいやに愛想よくしていたが、後ろの青年は生気のない暗い顔をしてうつむいていた。

「実はお願いがあって参上つかまつった」

「それならば中へお入りください。父には来客中なれど……」

「いやいや、それには及びませぬ。今すぐ私と一緒に来ていただきたい」

そう言いながら秀明の手を引っ張った。秀明は玄関先から外出する旨を早口で伝えて二人の後についていった。

一方、客間では左兵衛の話に国泰が驚嘆の声を上げた。

「ということは……」

「もうこちらに来ているはず。使節として来たわけではないようですが、琉球側もそれなりの接待をするでしょう。もし貴殿やかぐや姫のことが知られたら大変なことになりましょう。ゆめゆめ油断なされるな」

「御親切痛み入る」

国泰は不吉な胸騒ぎを覚え、白髪がさらに増えたような気がした。

六

道すがら知念は事情を話し出した。

「実は先日、町で艶やかな唐人の娘と出会いましてな……」

一目で気に入ったが、双方言葉が通じない。筆談しようにも文字が余り読めないようだから是非通訳をして気持ちを伝えて欲しいということだった。

「そうでしたか。恋の橋渡し、喜んで承りましょう」

二人は顔を見合わせて笑ったが、傍らの田名の足がわなわな震えていた。知念は何かと秀明を美辞麗句で褒めちぎり、気味が悪いほど愛想よくしていた。

「知念様、どちらでございますか。町からはかなり離れておりますが……」

人里離れた辺鄙な場所に案内され、様子がおかしいと気づき始めた。殊に田名の異常な態度がずっと気になっていた。体はわなわなと震え、今にも嘔吐するかのような苦しい様子であった。

「田名様、御気分でも悪いのですか」

と言う秀明の腕を引っ張った。

「いつもこいつはこうなんですよ。さあ、行きましょう」

そう促す知念の声もうわずっていた。そこでしばらく休んでいるように早口で伝えて、秀明を前に押し出した。そのとき、後ろで形容し難い悲惨な叫び声が上がった。その声の主はうずくまって動かなくなった。

まもなく目前の林からぬっと黒い人影が現れた。一人や二人ではない。十人はいるだろう。その中央には輿に乗った恰幅のいい初老の男が横柄な態度でいる。あとの者は知念の取り巻きらしい。

「秀明、久しぶりだな」

訛りのない北京語だったが、それを聞いたとたん、不快感が込み上げてきた。その明国の官服、でっぷりとした体つき、老獪な面構えを見て、鮮明な記憶が蘇った。

「おまえは張大福！」

「覚えていてくれたか。光栄だな」

いやらしい笑みを浮かべると腹をさすった。

「忘れるものか。おまえとスレイマンだけは許さないぞ」

「ほほう、減らず口を叩くところなど親父そっくりだな。もっともその口もきけなくなるがな」

大福が目配せすると、知念が取り巻きたちに合図した。剣や槍を引っさげて秀明を取り囲んだ。

「こういうことだったのか」

「ははは。姫とおまえでは格が違う。こちらの知念殿こそふさわしい相手だ。姫は琉球人として生きる。弟の方は王位継承権があるから死んでもらう。その露払いとしてまずおまえがあの世に行ってもらおう。親父さんにも後を追わせるぞ」

「そうはさせぬ！」

そう言い放った秀明の背後から一人が琉球の刀で斬りつけた。それをかわして引き倒し、刀を奪った。その連中を見てみると、貴族階級の道楽息子だけではなく、金で雇われた食い詰め者や倭寇崩れのような無頼漢も混じっていた。

いきなり右方から槍が突きつけられた。それを刀の峯で受け流して斬り下げ、返す刃で左方から斬りかかってくる男を突き上げた。たちまち二人の無頼漢が倒れた。続いて前方から坊主頭の男が奇声を発して剣を突いてくる。それをかわして真横に払い、左方から突いてくる槍を受け流し、踏み込んで首筋に斬りつけた。さらにもう一人が後方から斬りつけてきた。すばやく身を反転させて顔面を断ち割った。

あっという間に五人が斬られた。大福は輿の上で歯軋りをして悔しがった。田名は草むらの中で身を潜めながら泣いている。知念は秀明の意外な腕前と目前の修羅場に腰を抜かして座り込んでしまった。

秀明が血刀を振り上げて威嚇すると、知念の取り巻きは武器を捨てて逃げ出し、雇われた刺客も一人を残して足早に去っていった。

「おれが相手だ」

ただ一人残ったのは倭寇らしい。先ほど会った左兵衛と同じような髪型や服装をしていた。反りの深い三尺余りの太刀を脇構えにしている。初めて見る日本の武芸であった。息を殺すようにじりじりと間合いを縮めてくる。内心秀明は焦った。そのとき、ものすごい掛け声とともに太刀が頭上に飛んだ。鈍い金属音がしたと思うと、秀明の刀が弾き飛ばされていた。

「小僧、覚悟！」

二の太刀が浴びせられようとしたとき、相手の気合に押されて後ろに転倒してしまった秀明は、とっさに砂を握って顔面めがけて投げつけた。

「うっ！」

倭寇は身を崩した。ここぞとばかり秀明は傍らに落ちていた槍を引っつかんで、思い切り突き上げた。確かな手応えがあった。やがて槍を心臓に突き刺したまま巨体が仰向けに倒れた。秀明はそれをぐいと引き抜くと、大福の姿を捜した。

すでに向こうの方へ輿が遠退いているのが見えた。大福の肥えた背中を見ながら今後の不安に襲われた。そして驚嘆して腰を抜かしている知念を睨みつけた。

「卑怯者！」

そう叫ぶや思い切り血糊のついた槍を投げつけた。穂先は左の腿をかすって地に突き刺さった。悲鳴にもならない声を上げて、這いずるようにその場を逃げていった。

息を切らせながら、田名のところに歩いていった。返り血を浴びた秀明に土下座して泣きながら謝罪を繰り返した。しかし、秀明は首を横に振り、殺意がないことを伝えた。

「あいつに利用されていただけですよね。もう金輪際、あんな奴とは付き合わないことです」

そう優しい口調で告げると、ゆっくりとその場を立ち去っていった。

七

田名はその日、まっすぐ帰宅せずに名護の屋敷の前をうろうろしていた。表門は開いていたが、何度も足を踏み入れてはまた外に出て壊れたロボットのように前進後退を繰り返していた。もう日が暮れようとしていた。意を決して玄関まで足を引きずった。

「どちら様で？」

女の声がした。庭から使用人の少女が顔を出した。

「田名の若様でございますね」

青白い顔がうなずいた。少女は気を利かせて名護を呼びにいった。やがて玄関先に肩をいからせた小太りの男が現れた。

「何の用だ！　帰れ、帰れ！　もうおまえとは関わりたくない」

泣きそうな顔をして二、三歩前に出たが、それを阻止するかのように叱責された。ううと口ごもるだけで田名は何も言い出せない。そのもどかしさで四方から強い力で顔が引っ張られたように醜く引きつった。

「ああ、気色の悪い奴だ。早く失せろ！」

ものすごい剣幕で叫ぶと拳を振り上げた。その勢いに押されて石を投げつけられた小犬のようにべそをかき、そそくさと門を出て行った。背中の方で表門がバシンと大きな音を立てて閉められた。

そのころ、大福の宿泊所では明国側の通事を介して知念と密談が交わされていた。知念は左腿に包帯を巻き、憔悴しきった面持ちでうなだれていた。

「申し訳ございませぬ。もう少し腕の立つ者を雇えばよかったのですが……」

「ご懸念めさるな。むしろ良い口実ができましたぞ」

「えっ？」

杯を膳の上に置いて大福の顔をのぞきこむように見た。

「八年前の因縁話は申し上げましたな。奴は父親のことで私を怨んでおる。私が琉球に来たことを知り、遺恨を晴らすべく散策中の私を襲った。しかし、護衛を数人斬っただけで私を討ちもらした。その上、知念様にも怪我をさせた。どうです。こういう筋書きではいかがかな。明日にでも国王に訴えれば、奴は罪人、姫は知念様のもの。後は国泰も襲撃に加担していたとして捕えれば、親子仲良くあの世行き。ははは」

そう言って、杯をぐいと傾けた。知念は心強くなった反面、目前の老獪な男に計り知れぬ恐怖感を覚えた。

一方、返り血にまみれて帰宅した秀明は、着替えるのも忘れて事の顛末を父と左兵衛に話した。

「やはり恐れていた通りだった。困ったことになった。あいつのことだ。また何かを画策するに違いない」

そう言うと国泰は思わず溜息をついた。

「いっそ斬りましょうか」

左兵衛が傍らの太刀を引き寄せた。

「それはまずい。明国の高官が斬られたとなれば、琉球王国の立場が苦しくなる」

「そこなのです、父上。私たちのために姫や若君だけでなく、恩義を受けた琉球にまで迷惑をかけてはなりません」

国泰は苦渋に満ちた顔をしてしばらく何かを考えていたが、くるっと背を向け小机の上にあった紙に筆を走らせた。そして二人の方に向き直って、紙を見せた。

〝走〟

「逃げる？」

「そう、ここを出るのだ」

秀明はすぐにうなずけなかった。久米村は居心地のいいところだった。それにカルナと過ごした琉球の八年間は思い出がいっぱい詰まっていた。秀明は口を閉ざしたまま庭の方に目をやった。

「よろしければ……」

左兵衛が口を挟んだ。

「日本へ参りませんか」

「しかし、貴国は……」

「戦乱が続いているといっても毎日槍や矢が飛んでくるわけではござらぬ。大内様のところなら安全でござる。久米村には及びませんが、唐人街もある」

「日本」という言葉には懐かしさがある。もちろん秀明はその国のことなどよく知らない。自分にとって知っている「日本」は目前にいる左兵衛という男でしかない。このような無骨な男が長い太刀を振り回して戦乱に明け暮れているのだろうということは想像できた。

しかし、八年前にあの船の中でカルナが「日本」と言ったときの、あの心地よい響きと甘い笑顔が脳裏に焼きついていたのだ。

「参りましょう、日本へ。聞けば大内様も明国との貿易に関わっておるとか。お役にも立てそうですし、そこで軍備と財力を蓄えてスレイマンを征伐に参りましょう」

左兵衛はその通りだと膝を叩いた。

「船や食料の方はわしに任せてくれ。いつでも出港できるようにしておく」

「かたじけない。秀明、姫と若君にこのことをお伝えしなければなるまい。それに近々、国王にもご奏上申し上げねばなるまいな」

「それでは着替えてから早速参りましょう」

「待たれ！」

左兵衛が秀明の腕をつかんだ。

「血の臭いというものはなかなか落ちぬもの。それにまだどこかで待ち伏せしているかも知れません。わしが代わりにお知らせしよう。国泰殿、書状を書いてくれ。馬で一走りして姫の屋敷に届けよう」

「承知した。秀明、お言葉に甘えてそうしてもらえ。まずは湯浴みして体を清めよ」

「はい」

二人に一礼すると立ち上がって部屋を出て行った。血と汗の悪臭がぷんと鼻をついた。

「御子息は見かけによらず、腕が立つようですな」

「十三で初めて人を斬りました。私を助けるために……」

そこまで言うとたまらなくなって杯を呷った。そして壁にかけてある掛物に目をやった。

対酒当歌　人生幾何　譬如朝露　去日苦多

「確か、曹操の詩でしたか……」

「おお、よく御存知で」

「この世は森羅万象、無常というものでござる。明日のことなどわかりません。たとえ苦しくても朝露のような人生であってもその瞬時、瞬時を真剣に生きていれば道が開けることもありましょう。まずはこれ」

無骨な顔を柔らかくして酌をした。二人は杯をかざした。

「酒に対してはまさに歌うべし。人生いくばくぞ」

節をつけて国泰が吟じた。

「たとえば朝露のごとし。去りし日苦しきこと多し」

続けて左兵衛が太い声で吟じた。二人は顔を見合わせ大笑いすると、杯を飲み干した。

八

翌朝、大福と知念が宮中に参内した。まだ王の耳には二人の陰謀については入っていなかった。

「国王陛下におかれましてはご機嫌うるわしゅう存じたてまつります」

わざとらしく大福が挨拶した。それを傍らの通事がさらに大げさに通訳した。

「今回は私用でお越しと伺っておりますが、わざわざ御挨拶を賜り感謝に堪えません。ところで、知念とはお知り合いなのですか」

尚真王はけげんな顔をして知念を見た。知念はその視線を避けるように目を伏せた。

「実はそのこと。ここにおられる知念殿は私の命の恩人でございます」

「恩人？」

「知念殿、お見せなさいませ」

促されて震えながら左足を前に出し、礼服の裾をたくし上げた。白い包帯が腿に巻き付いていた。

「怪我をしたのか、知念。どういうことじゃ」

「私が申し上げましょう。昨日、宿泊所を出て散歩に参りましたところ、道に迷い、たまたま知念殿と出会い、先導して下さいました。ところが、突然、謝名秀明が襲ってきたのでございます」

大根役者のように大福は声を震わせながら訴えた。

「秀明が！」

王は耳を疑った。周囲からも驚嘆の声が上がった。何度も通事に確認したが、秀明に間違いないという。大福はさらに話を続けた。

「奴はあんな優しい顔をして護衛を数人も殺し、そのうえ私を助けるために必死で戦って下さった知念殿にまでこのような深手の傷を負わしたのでございます」

「なぜ秀明が閣下を？」

「これには訳がありましてな……」

大福の顔は恐怖から一転して陰湿なものに変わっていた。話すことすべて讒言《ざんげん》であった。国王は驚嘆してしばらく言葉も出なかった。

「では国泰の目的は姫と王子を利用して王国の権力と財力を奪い取ることなのですな。何と恐ろしい奴だ」

巧みな弁舌で王は黒い霧に包まれたようである。とはいえ、尚真王は困惑した。それはこの八年間の国泰親子の誠実な立ち振る舞いと、この大福の証言とは天地ほどもかけ離れているからである。

「余には信じられぬ。あの国泰が、秀明が……。ああ、信じられぬ」

「悪党ほど善人のように振る舞うものです。陛下、あの二人を至急捕えなされ。琉球王国も奴らに奪われてしまいますぞ」

そう強く迫って知念の足を指差した。王は押されるように首を縦に振った。布袋腹をぽんぽんと二度叩いて大福がほくそ笑んだ。

「実はお願いが……」

カルナを知念に嫁がせること、スサントを明国皇帝に謁見させることを承諾させた。

そのころカルナは風邪気味で床に臥せっていた。

「姫様、お目覚めですか」

侍女が静かに入ってきた。カルナはゆっくりと上体を起こし、憂鬱そうに額を押さえた。

「ああ、カネか。まだ少し頭痛がしますが、熱は下がったようです」

カネは濡れた手拭いで顔や首筋などを拭いてあげた。

「姫、昨夜久米村の謝名国泰様から書状が届いておりますが」

「えっ！」

カネが懐中から取り出した書状を奪うようにしてもぎ取り、広げて読んだ。読み終えるや、急に顔を小刻みに震わせながら硬直させた。

「これから参内します」

「姫、そのお体では……」

止めようとするカネの手を跳ね返し、床から起きて立ち上がった。ふらりと細い体が揺れた。しかし、気丈な顔つきで着替えを要求した。

「それから蘇山（スサント）をすぐ呼んで」

尋常でない態度と気迫に押されて、カネは部屋を飛び出していった。まもなく別の侍女たちが二人入ってきて身支度を手伝い始めた。

「早く、早く」

カルナは急かせた。そして肌身離さず身につけている「月の涙」を強く握り締めた。

(母上、お力をお貸し下さいませ)

やがてけたたましい足音がした。

「姉上、入りますぞ」

血相を変えてスサントが入ってきた。

「何が起こったのですか。これから参内なさるとか……」

「それを！」

顎で足元にある書状を示した。スサントはそれを拾い上げて読み出した。その間にも帯の締め方がどうのこうのと、侍女たちに小言をたれていた。その様子に姉の苛立ちが頂点に達しようとしていたのが、全身で感じ取れた。

「わかりました。私も参内いたします」

「何としてもあいつの陰謀を阻止するのよ」

そのとき、庭の方で男の声がした。モンクルである。

「大変でございます！　今朝、大福と知念が参内し、首里天加那志に謁見しました」

「何じゃと！」

化粧も途中のまま部屋を飛び出した。

「秀明が危ない！　モンクル、すぐに久米村に行くのです。秀明を守って！」

「承知しました」

一礼すると背を向けて駆け出そうとした。そこへカネが駆け寄った。モンクルの凛々しい顔がぽっと赤くなった。

「蒙克様、これをお持ちください」

三寸余りの短冊状のものを手渡した。それはフーフダという琉球の護符であった。

「これさえあればどんな魔にも打ち勝ちます。どうか御無事で」

「ありがとう、カネさん。姫たちを頼む」

そう言って、駆け出していった。

カルナとスサントもそれからまもなく輿に乗って宮中へ向かった。ちょうど中山門の近くに差しかかったとき、向こうから朱塗りの輿に乗った布袋腹の明国人の行列がやってきた。朱塗りの輿の後ろには若い男が乗った輿も見える。

「姉上、あれは……」

カルナは何も答えず、ただ前を見た。輿に乗った明国人の脂ぎった、ふてぶてしい顔を睨みつけていた。忘れもしない、あの顔だ。八年前の恐怖と悲しみと憎しみが全身を走り回った。その憎い男もこちらを認識したらしい。いやらしい笑みを浮かべた。行列を止め、輿を下ろさせた。そして側近の者たちの手を借りて、ゆっくりと輿から降り、こちらに歩いてきた。

こちらも輿を止めさせ、そのまま息を殺して相手の出方を窺った。

「カルナ姫に、スサント王子。ご機嫌うるわしゅうございます」

ぎこちないマレー語でわざとらしく挨拶した。知念も輿から降りて足を引きずりながらやってきた。カルナは口を真一文字に結んで、きっと輿の上から睨みつけた。

「随分とお美しくなられましたな。亡きお母上にそっくりでございます。王子も亡きお父上に……」

そう言いかけたとき、紅のついた唇がかっと開いた。

「許さぬ！　おまえとスレイマンの陰謀で、両親は殺され、王国は乱れたのじゃ」

きれいな北京語だった。ここへ来て八年間、国泰と秀明に習っていたのである。

「ほう、話せるのか。さすが聡明な姫だ。なら話は早い」

国王に奏上した内容を細かに話した。カルナの美しい顔が夜叉のように変化した。

「この悪党め！　絶対に許さぬ」

輿を下ろさせ、前帯に差していたクリスを引き抜いた。

「姉上、おやめください」

その制止を振り切り、布袋腹と対峙した。慌てて知念がぎこちない足取りで駆け寄り、カルナの前に立ちはだかった。

「姫、宮殿の前で刃傷沙汰はまずいですぞ。おやめなさい」

そもそもこの国では士族といえども帯刀は禁止されている。カルナがクリスを帯びることには官僚の間からも反対意見が出ていたが、国王が異国のフーフダのようなものだとして特別に許可していた。

「あなたのような卑怯者に言われる筋合いはございません。さあ、そこをおどきなさい。たとえ首里天加那志の命令でもあなたのような人とは結婚しません。是非にもとおっしゃるのなら、これで刺し殺して差し上げましょう」

その気迫に押されて後ずさりした。

「大福、おどきなさい。今から謁見して真実を訴えます」

「それは困るな。姫、どうじゃな、わしと取り引きなさらぬか」

老獪な笑みを浮かべて腹を軽く叩いた。

「秀明も国泰も助けよう。この男との縁談もなかったことにしよう。そのかわり……」

「そのかわり?」

傍らで通事の通訳を聞いていた知念は血相を変えて大福の腕にしがみついた。

「張閣下、話が違うではありませんか」

大福はそれを振り払うと、供の者に押さえつけさせた。知念の悲痛な声を無視して条件を切り出した。

「王子を大明国皇帝陛下に謁見させること。月の涙を渡すこと。この二つが条件だ。どうだ、悪い話ではないだろう。応じれば、おまえは晴れて秀明と夫婦になれるし、王子はバハギア王国の国王として認められる。こんなめでたいことはあるまい」

そう言って、不快な笑い声を上げた。

「その手には乗りません。今、王国ではスレイマンがポルトガルの庇護の下、悪政をほしいままにしているではありませんか。亡き父の血を引くスサントが生きていてはスレイマンも国王にはなれません。そこで明国に行く途中で殺害するつもりであろう。病死でも事故死でもおまえの掌中にあれば意のままだわ」

見事腹の内を見抜かれ、あからさまに怒気を表した。

「それに月の涙など存じません。知らないものを渡せるわけがありません」

「うそをつくな。あれは代々王妃に受け継がれる宝じゃ。王妃は亡くなる寸前までおまえたちのそばにいたことはわかっておる。王妃に何かあれば、直系の女子に受け継がれることになっておる。おまえたちが脱出した翌日、宮殿をくまなく探したが発見できなかったそうだ。ということはおまえしかない」

「おそらくポルトガルの将兵に略奪されたのでしょう。私は存じません」

「いや、おまえが持っているに違いない。どこなんだ。裸にひんむいてでも探し出してやる」

むきになって掴みかかろうとした。慌ててスサントが中に割って入ったが、丸い体は巨漢に突き飛ばされてしまった。姫はクリスを振りかざして抵抗したが、瞬く間に細い腕を取られてしまった。クリスが飛んで知念の足元に落ちた。

「どこだ、言え！」

それでももがいて抵抗した。そのとき、懐中からきらりと光るものが顔を出した。三日月を象ったペンダントである。

「ああ、これだな」

それをむしり取ろうとしたとき、青い三日月が強い光を放った。うっとよろめいた。次の瞬間、激痛が走った。知念がものすごい形相で立っていた。クリスが右の脇腹に突き刺さっていた。

「無礼者！」

それを引き抜くや思い切り知念の胸に突き刺した。知念は悲鳴を上げながら仰向けに倒れた。

「覚えておけよ！」

そう吐き捨てて、供の者たちに支えられながら輿に乗り、その場を去っていった。

知念が非力だったため大福の傷は浅かったが、知念の方は心臓を見事に刺し貫かれていた。スサントが駆け寄って抱き起こしたときには絶命していた。

「かわいそうなことを。自業自得とはいえ、私を助けるために命を落としたのです。懇ろに弔って差し上げましょう」

二人は合掌した。

「かぐや姫！　蘇山様！」

元気のいい声が聞こえた。金城である。後ろに名護と田名が続いている。駆けつけた三人は変わり果てた知念の姿に驚いた。

「狂人は輿望を失い自滅する。おれの言った通りだ」

名護が吐き捨てるようにつぶやいた。金城はしゃがみこみ、知念の頭を撫でながら小さくなっていく大福の行列を見つめた。

「張大福の仕業ですね。今、向こうに行った明国人……」

「大福を知っているのですか」

「いや、田名がすべてを話してくれたのです。知念の言いなりになって秀明を襲った現場に居合わせたのです。昨夜怖くなって私のところに駆け込んで来て、それですべてがわかりました。早速、首里天加那志に奏上しようと三人でやってきたのです」

「そうでしたか。昨夜国泰殿から書状が届き、事の顛末を知りました。さあ、早く参内しましょう。証人がいれば助かります」

そう言って田名の方を見た。申し訳なさそうに下を向いてカルナと目は合わさなかったが、白い歯がちらっと見えた。

九

一方、久米村では十数人の捕手が国泰の屋敷を取り囲んでいた。

「謝名国泰と秀明だな。首里天加那志のご命令により逮捕する。神妙に縛につけ」

二人は抵抗することなく素直に縄を打たれた。屋敷から出ると大勢の人が人垣をつくっていた。

「国泰さん！　秀明さん！」

村の女たちが口々に叫んでいた。国泰は声の方に笑みを浮かべて会釈をした。秀明も毅然とした態度で世話になった人たちに深々と頭を下げていた。

「あんたたち見捨てる気なのかい」

女房連中が男たちに発破をかけた。

「何しろ首里天加那志の命令だっていうじゃないか。下手に手出しすりゃ、こっちだってお咎めを受けることになるぞ」

「謝名さん、いや李さん親子はわれわれ久米村の仲間で、同郷人じゃないか。事情はわからないけど、あんないい人たちを見捨てるなんてできないよ」

それでも尻込みする男たちに痺れを切らした女房連中は鍋やら釜やら持ち出してガンガンと鳴らし立てた。捕手たちが何事かと注意を向けていると、その後ろから別の女たちが鍬や鋤を持って押しかけた。

「こら！　邪魔するとおまえたちも容赦はしないぞ」

女房連中の勇気に男たちも奮い立ち、石を投げつけた。それを見ていた老人や子どもたちまでも小石や棒切れを拾って捕手たちに投げつけた。

さすがの猛者たちも女や子ども相手では手が出せない。見るに見かねた国泰が振り向きざま、大きな声を上げた。

「皆さん、お止めなさい！　皆さんのお気持ちは痛いほどわかります。しかし、暴力で訴えるのはよくない。私たち親子、正々堂々と首里天加那志の前で無実を訴えます。必ず真実が明らかになります。どうか皆さん、久米村の、そして客家人《はっかじん》の誇りを大切にしてください」

歓声がどっと上がった。もはや捕手たちを邪魔する者はいなかったが、子どもたちが十人ほど二人に駆け寄っていった。

「国泰おじちゃん、また勉強教えてね」

「秀明お兄ちゃん、また遊んでね」

そう口々に言って手を振った。二人は黙って笑顔で応えた。

「さあ、行くぞ」

隊長格の捕手が二人を急かした。

「待て！　その二人をすぐに解き放て」

モンクルが部下を連れて駆けつけたのだ。国泰と秀明は顔を見合わせてほくそ笑んだ。

「おお、蒙克ではないか。邪魔をするな。これは……」

「その首里天加那志の命令はまもなく撤回される。すべては讒言によるものだと判明したのだ」

村人たちは歓声を上げると、カチャーシーを踊りだした。捕手たちは二人の縄を解くと、そのまま引き上げていった。村人たちは国泰たちも一緒に踊れとカチャーシーの渦の中に引き込もうとしたが、丁重に断わり、少し離れた棕櫚の木陰に移動した。国泰がモンクルの肩を叩いた。

「おかげで助かったよ」

「今、姫と若君が参内して真実を訴えているところでしょう。で、これからどうします」

「実は秀明とも話していたのだが、日本へ行こうと思う」

「日本?」

「大福がいる限り、また何が起こるかわからない。こちらの人たちにも迷惑がかかる。大内という大名の下で暮らそうと思う。そこで財力を蓄え、スレイマンを討ちに行く」

「それはよい。だが……」

竹を割ったような性格の男がなぜか顔を曇らせた。秀明がにやっと笑った。

「琉球に何か未練があるのですか」

「未練？　そう、未練というか……」

「では、その未練も一緒に連れて行ったらどうですか」

「えっ？」

秀明は噴き出すと、小指を立てて見せた。

「姫から聞いてますよ。カネさんでしょ」

「いや、こりゃまいったな」

顔を真っ赤にして頭をかいた。

「めでたい、めでたい。二つの婚礼ができるぞ。シュワンシー（双喜）じゃ」

十

カルナの弁明により讒言であることが判明したが、尚真王は頭を抱えていた。書院には三司官の三人が神妙な面持ちで伺候していた。国王の補佐役は摂政《せっせい》と呼ばれる役職だが、これは王族から選ばれる儀礼的な地位で、国政の実務は三司官が担当した。

「首里天加那志、明とは摩擦を起こしてはいけません。張大福様のことは穏便に」

名護親方《うぇーかた》が声を強めた。名護金吾の叔父である。

「しかし、知念の親からは嘆願書が届いています。事情はともあれ、同じ子を持つ者として、その心情は痛いほどわかります」

「情に流されていけませんぞ、浦添親方。知念は陰謀に加担したのですぞ」

大きな通る声で金城親方が口を出した。金城政義の父である。豪放磊落な性格はこの父親譲りであろう。

「もう一度整理しよう」

名護親方が大きな紙を広げた。そこに人物の関係図が記されている。扇子で示しながら話し出した。

「かぐや姫、向蘇山姉弟および謝名国泰、秀明親子と、張大福とは仇敵の関係にある」

「バハギア国の仇を首里で討たれては迷惑だな」

金城がつい口を出した。それを鋭い目で名護がたしなめた。

「確かに姫と大福の因縁などわが国には関係ない。しかし、琉球人を片棒にして暗殺を企て、讒言で人を陥れようとしたことは事実だ。しかもその片棒を殺害している」

「それは重罪ですぞ。とても穏便な処置ではすまされません」

浦添親方が声を荒げた。

「明国のお役人様には頭が上がらないということだ、ははは」

金城が笑い出した。

「笑い事ではありませんぞ。尊い命が奪われているのです。聞くところによれば、大福は公用でなく、私用で来琉しているそうですが、そもそもどういう身分なのですか」

「ははは、いいところに気が付きましたな、浦添親方。少し調べたのだが、元は鴻臚寺《こうろじ》の役人だったそうだ。ところが、そこで不祥事を起こし、蕃事司《ファンシースー》としてバハギア国に飛ばされたらしい」

金城の説明に浦添が大きくうなずいた。鴻臚寺とは外務官庁で、寺院とは関係ない。もともと「寺」とは中国では役所の意味で、明国には九寺という九つの専門官庁があった。

「なるほど鴻臚寺なら外国のことにはいろいろ詳しい。悪いことをして左遷されたわけだな。しかし、金城親方、そのファンシースーというのはどういう漢字を書きますか」

金城は広げている人物相関図の余白に書いて見せた。

「ははあ、外国のことを司るという役職ですね。しかし、このような官職はありましたか。聞いたことがありません」

「おそらく正式な官職ではあるまい。左遷するための名目上のものだろう。あちらの人たちは面子を重んじる。たとえ左遷でも無位無官では面子が立たないからな」

名護がそう言って嘆息した。

「で、大福を穏便な処置で済ますという根拠はございますのか」

浦添が名護に詰め寄った。しかし、名護はそれには答えず、金城に目配せした。

「成化十八（一四八二）年に五人の官生が南京の国子監に留学した。そのうちの一人がある事件に巻き込まれてな、いろいろ手を回して救ってくれたのが大福なのだ。おかげで五人とも無事四年後に帰国できたのだ」

「なるほど大福はわが国の恩人ということですか。首謀者の大福の罪を軽減するなら、死んだ知念の罪も軽くしなければ遺族は納得しないでしょう」

「その通りだ。知念は結局、かぐや姫を助けるため命を落とした。それに免じて罪は問うまい」

名護が浦添の顔をのぞきこんだ。

「それはよい。だが、大福はいかが処置される」

「しばらくの間、宿所で謹慎していただく。外出禁止だ。見張りも付ける」

「それで素直に納得してくれる方とも思えぬが……」

「だからだ」

名護はにやりと笑って浦添の肩を軽く叩いた。

「謹慎とは表向きの話で、知念の遺族が仇討ちをするかも知れないので、御身を守るための口実に過ぎない。琉球王国は全力で御身を守ると伝える」

「なるほど、それなら明国と摩擦を起こさずに済む。しかし、また姫や秀明に害を及ぼすようなことはあるまいか」

「だから見張りをつけるのだ。大福の身を守るための見張りではない。悪いことをさせないための見張りだ。そうそう、あの威勢のいいバハギアの男……」

「蒙克だろ。竹を割ったように清々しい奴だ。あいつの配下の者を見張りにしておけば、大福の陰謀は姫や秀明に筒抜けだからな、ははは」

金城が大きく笑った。

「その蒙克はまもなく琉球を去るぞ」

今まで口を閉ざしていた尚真王が初めて発声した。はっと三人は尚真王の方を向いた。

「姫が弁明に来たとき、言っておった。姫も秀明もこれ以上ここにいると迷惑をかけてしまうので、皆、日本へ渡るということじゃ」

そう言ってまた頭を抱えた。

「日本……。そういえば、最近、大内家ゆかりの武士が国泰の屋敷に出入りしていると聞いた。大内家ならば明との貿易でかなりの富を得ている。権力、財力ともに申し分ない大名だ。大内ならば、きっと姫たちを保護してくれるでしょう」

名護は喜色満面の笑みを浮かべた。浦添も金城もそれはいいと膝を叩いた。

「何と無慈悲なことよ。厄介者がいなくなればよいというような顔をしているな」

そう言って名護の顔をきっと見据えた。名護は思わず顔をこわばらせた。このような不機嫌な国王の様子は珍しかった。

「せめて蘇山の成人する姿が見たかったな。あの子がここに来たときはまだ七歳だったたか」

尚真王は両親を殺された幼い姉弟を哀れみ、二人を王族待遇にして育ててきた。殊にスサントの可愛がりようは尋常ではなかった。「向」という王族の姓まで与えた。官僚の中には次の国王をスサントにするのではないかと懸念する者も少なくなかった。実は名護親方もその一人であった。

「どうだろう。あの者たちの門出を祝って、姫の婚礼をここで盛大に執り行ってやりたいのだが」

「首里天加那志！」

間髪を容れずに名護が切り出した。

「私どももそうしてあげたいのです。しかし、知念の遺族の気持ちをお考え下さい。姫に袖にされ、自業自得とはいえ、結果として殺害されました。姫の婚礼を盛大に行い、幸せそうな姫や秀明の姿を見たら、遺族の者たちがどのように思うでしょうか。しかも国を挙げて盛大な婚礼を行えば、それに乗じて大福の息のかかった者が妨害をする可能性もあります。ここは祝いの金品を与えて、身内だけで慎ましやかにやってもらいましょう」

浦添と金城もそれに賛同した。

「うむ。是非もないか」

そうつぶやいて立ち上がり、奥の間に行ってしまった。

十一

三日後、国泰の屋敷で二組の婚礼が行われた。できるだけ簡素に行うつもりだったが、次々と久米村の人々が酒や料理を持って押しかけ、飲めや歌えの大騒ぎとなった。国泰は終始上機嫌で、杯を傾けていた。これは婚礼だけでなく、国泰親子の送別会も兼ねていただけにかなり賑やかなものになった。

宴もたけなわとなると、主役の新郎新婦の存在が忘れられたように来客たちで盛り上がっていた。モンクルとカネはねばり強く宴席を回っては来客に挨拶し、杯を受けていた。一方、カルナと秀明は早々に抜け出し、屋敷の近くの東屋で一息入れていた。

風が心地いい。那覇港の明かりが見える。八年前の父の誕生日を思い出した。

「少し酔った？」

「ここの酒は強いからね。でも悪酔いはしない。飲むうちに踊りたくなるよ」

カルナは吹き出した。

「秀明が踊る？　一度見てみたいわね」

その見つめる瞳は八年前のあの夜と同じだった。何とも艶かしく、澄み切った少女の目だった。思わず肩を抱き寄せた。

「あなたはお月様のようだわ」

その言葉にはっとした。

「思い出した？　うふふふ。もうお星様に遠慮しないでね」

二人は顔を見合わせ大笑いした。星空には三日月が輝いていた。そのとき、カルナは異変を感じた。胸がぽっと熱くなった。思わず月の涙を懐中より取り出した。まるで夜空の三日月に反応するかのように青い光を放った。その光は二人をすっぽり包み込み、外界と完全に遮断した。

やがて懐かしい香りがした。

「母上！」

間違いない。死んだ母ナージャの香りであった。やがて天空に巨大な二人の姿が現れた。父ラーマカーン二世と母ナージャである。

「父上、母上！」

カルナは今にもその懐に飛び込みたい気持ちであった。

「カルナ、秀明。おめでとう。お母さんはとてもうれしいわ」

涙が込み上げてカルナは言葉が出なかった。

「秀明、カルナを頼んだよ」

慈悲深い国王の声が懐かしかった。

「国王陛下、命に代えましても姫を守ります。そして必ずお二人の仇を討ち、バハギア王国を再興いたします」

国王は笑顔でうなずいた。

「これから二人にはいろいろな試練があると思うけれど、月の涙を信じて強く生き抜くのよ」

「母上！」

もう声にならない叫びであった。国王夫妻は満面に笑みをたたえながら三日月の中に消えていった。まもなく青い光も消え、元の世界に戻った。泣きじゃくるカルナを強く抱きしめながら秀明は夜空をじっと見つめた。

「どんなことがあってもお二人が見守って下さっているんだ。日本でもどこでも月の涙があれば大丈夫だ」

カルナは大きくうなずいた。近くの棕櫚の木の葉が優しくなびいた。

十二

琉球を離れる前日、カルナたちは参内し、正殿内で尚真王に別れの挨拶をした。国泰は長々とした謝辞を述べたが、カルナもスサントも感極まって涙声になっていた。誰よりも別れがつらかったのは尚真王である。参内した当時の幼い姉弟の姿が想起され、涙が止まらなかった。王は思わず玉座から立ち上がり、自ら二人に歩み寄った。そして二人の手を強く握りしめた。

「必ず帰って参れ。ここはおまえたちの第二の故郷ぞ」

「今までの御恩は一生忘れません」

スサントの言葉に大きくうなずき、手を強く握った。

「いろいろな御配慮、心より御礼申し上げます」

「秀明と末永く幸せにな」

もうこれ以上何も言葉が出なかった。王は玉座に戻るとカルナ一行は深々と礼をして退出した。まもなく王も退出したが、そのまま二階に上った。そして一行が去り行く姿を欄干に身を乗り出すようにして感慨深げにずっと眺めていた。

出発当日、国泰は一足早く那覇港の尚文旅社という明人経営の宿屋に来て、酒や肴を買って秀明たちを待っていた。半時ほどしたころ、店の主人から来客だと知らせが入った。てっきり秀明たちかと思い、すぐに通すように伝えた。しかし、部屋にやってきたのは一人の若い男であった。

「久米村の孫千栄《そんせんえい》様のお言いつけで、日本の最新地図をお届けに参りました」

妙な気がした。久米村では見ない顔である。その話す北京官話にも聞いたことのない訛りがある。男は小柄で猿のような体つきをしていた。無理に笑顔を作ろうとして貧相な顔がぴくぴく震えていた。一幅の掛物を取り出すと、静かに卓の上に置き、少しずつ広げていった。

「ここが蝦夷地。アイヌ族という人々が暮らしております。ここが陸奥、出羽、常陸……」

北の方から順々に地図を広げて指し示していった。

「ここが京の都。その南がかつての平城京です」

「ああ、鑑真和上が渡ったところか」

そして中国、四国、九州のところまで広げたとき、何か光るものが見えた。はっと思った瞬間、左胸に強い衝撃が走った。そのまま国泰は崩れるように倒れた。

「ははは。国泰、おまえが行くのは日本ではなく、地獄だ」

店の主人が不審な物音に気づいて駆けつけた。障子を開けたとたん、窓から黒い影が飛び降りるのが見えた。そして床に倒れている国泰を確認した。

「李様！」

胸から血を流して倒れている。慌てて窓の外を見回し、先ほどの男を捜した。すると北の方へ走っていく猿のような姿を確認した。

「人殺しだ！　そいつを捕まえてくれ」

主人は通りに向かって大声で叫んだ。街行く人が捕まえようとするが、猿のようにすばしっこく手に負えない。ちょうどそこへカルナ一行の馬車が向こうからやってきた。

「ああ、秀明坊ちゃん。そいつがお父上を……」

駆けつけた主人が息を切らせながら叫んだ。男は主人を蹴り上げると、短刀を突き出し、一行に向かっていった。

「早く国泰殿のところへ！」

モンクルはそう叫んで馬車から飛び降り、背中の長剣を抜いた。秀明は御者に早く宿屋に行くよう指示し、荷から剣を取り出した。秀明が飛び降りると、馬車が疾走した。男は二人を襲うように見せかけて馬車に飛びかかろうとした。すかさずモンクルの剣が走った。男は宙返りして避けると、地に降り立った。腰を落として短刀を頭の上に振りかざした。

「秀明、残念だが親父は死んだぜ」

よく見ると短刀の切っ先に血糊が付いている。秀明の怒りが頂点に達した。

「張大福の手の者だな！」

剣を抜き払い、男に斬りかかった。

「親子ともども地獄行きだ！」

秀明の初太刀をかわすや、男は猿のように前後左右に飛び跳ねた。その動きは速くなり、男が二人、三人、四人と増えていくような錯覚に陥った。

「秀明、気をつけろ！　こいつ奇妙な術を使うぞ」

男は大きく跳躍した。次の瞬間、稲妻のような蹴りが襲ってきた。思わず地を転がりかわした。また男は前後左右に飛び跳ねた。秀明はしゃがみこんだまま目を閉じた。左手で地の砂を一掴みして気配のあるほうへぶちまけた。

「うっ！」

低いうめき声がするので目を開けると、男が左手で顔を覆いながら動きを止めた。

（今だ！）

すかさず剣を一閃させた。男の右腹部から左肩にかけて大きく斬り上げた。返す刃で額を斬り下げた。短刀がぽとんと地に落ちたかと思うと、男の体もぐにゃりと崩れた。

「秀明、早く！」

二人は尚文旅社に向かって走り出した。二人が駆けつけると、カルナたちの他に多くの人であふれていた。

「父上！」

国泰は寝台の上に寝かされ、医者の手当てを受けていた。まだ死んでいないということをスサントから聞かされてほっとしたものの、医者は険しい顔をしていた。

「たとえ命がつながっても絶対安静が必要です。聞けば、これから長い船旅に出られるそうな。とてもこの体では無理です」

「どうする、秀明。延期した方がいいわね」

カルナは国泰の手を握りながら提案した。秀明はうなずくとその場で短い手紙を走り書き、店の者に港にいる左兵衛に届けるよう頼んだ。

「それにしても大福め。刺客を差し向けるとは」

モンクルが歯軋りして怒りをあらわにした。

「あんたの部下を見張りにつけてたんじゃないの？」

カネが糺《ただ》すように言った。

「迂闊だったな」

そのとき、国泰が意識を取り戻した。何か口を動かしている。秀明が駆け寄り、手を強く握った。

「父上、何か言いたいことがあれば」

口元に耳を近づけた。

「秀明か……。万が一のこともあるかと思って、ここの主人にすべてを託してある。わしを置いて早く日本へ行くんだ。もし明国に帰ったら遺髪を埋めてくれ……」

そのまま息を吸うことはなかった。カルナとスサントが号泣した。秀明は店の主人に幾許かの金を手渡し、頭を下げた。

「お父上の御遺言で、久米村に埋葬いたします。早くお行きなさい。また大福の手の者が襲ってくるかもしれません」

秀明は小刀で父の白髪交じりの髪を切り取り、袱紗に包んで懐に入れた。後ろ髪を引かれる思いで一行は埠頭に馬車を飛ばした。

十三

待ちきれない様子で、左兵衛たちは船の前でやきもきしていた。馬車が到着するや配下の荒くれものたちがわっと寄ってきて、有無を言わさず馬車の荷物を手慣れた様子で船に次々と積み込んだ。左兵衛は秀明の顔つきを見て、

「亡くなられたか」

と確認した。秀明が何かを言おうとするのを遮るように、

「さあ、早く乗った、乗った」

と一行を急き立てた。潮は満ち、順風が吹いている。白い帆が南国の青空に映えて大きくふくらんだ。船はゆっくりと前に進んだ。先ほどの修羅場や国泰の死など嘘のような晴れやかな出航だった。

「秀明、覚えてる？　あの日のこと」

「デカット港から出航したことだろ。覚えているよ。あのとき初めて『日本』という国があるのを知ったじゃないか」

「そうね。その『日本』に今から行こうとしているなんて不思議ね」

歓談する二人の間に左兵衛がおどけて割り込んできた。

「おやおや新婚さん、南洋のお日様よりお熱いことで」

どっと笑いが起こった。秀明が明るく振る舞おうとしているのが左兵衛には痛いほどわかった。左兵衛は二人から離れ、向こうで下っ端に指示している二番頭の熊五郎のところへ行った。

「奴は俺と同じだよ。いや、姫もだ。あの合戦で目の前で両親を殺されたんだ。ああ、負け戦は絶対嫌だ。ガキだった俺は助かって今は自由気ままに生きてるけどな」

「兄貴の強さは天下一だ。何しろあの青龍東山党《せいりゅうとうざんとう》さえ……」

そこまで話したところで、左兵衛に背中を叩かれた。

「その話はするな。とにかくお客さんの面倒はよろしく頼む。それに高貴なお方だから品のない奴は近づかせるな」

「へい」

船は沖に出ようとしていた。そのとき、見張りが叫んだ。

「小早《こばや》が来ます！」

前方左右から待ち伏せしていたように小型の船が向かってきた。すると後方左右からも船が向かってきた。ちょうど四方から挟み込まれるような形になった。今までの和やかな雰囲気が一変して甲板の上に緊張が走った。

「琉球の船ではないな。あれは……」

左兵衛はそれらの船に見覚えがあった。いやな予感がした。

「棟梁！　あ、あれを」

熊五郎は一番大きな船を指さした。左兵衛は遠眼鏡《とおめがね》で正体を確認した。

「やはり白虎西山党《びゃっこせいざんとう》だ」

そのリーダー格の船の舳先には金地に白虎の絵が描かれた三角旗と銀地に橙色で「金」と文字が書かれた三角旗が閃いていた。

秀明とモンクルが舳先に駆け付けた。

「どうしたんです。倭寇ですか」

「そんなもんだ……」

秀明の問いに左兵衛は言葉を濁らせた。代わりに熊五郎が堰を切ったようにまくしたてた。それによると、白虎西山党という倭寇だそうだ。倭寇といってもその大半が明人で、日本人は三割ほどだという。首領は金西山《きんせいざん》という荒くれ者で、金のためならどんな凶悪なこともやるという札付きだそうだ。熊五郎は出っ歯をむき出してなおもまくしたてた。

「とにかく金の野郎と兄貴は何度もやりあったんだ。野郎もなかなかのものだが、そこはそれ、左兵衛の兄貴の方が上ですよ。一太刀浴びせて、ほら、左頬に大きな刀傷が見えますでしょう」

「熊！　余計なことべらべらしゃべるな。早く戦闘準備にかかれ」

「へ、へい……」

その剣幕に押されて熊五郎は走り出した。左兵衛はひどく機嫌が悪かった。つい先ほどのひょうきんな男とは打って変わって気難しい男になっていた。小早はますます近づいてくる。左前方の船の舳先に金が仁王立ちしていた。六尺近い大男で、筋骨たくましく、素肌の上に白い日本式の陣羽織を羽織り、頭には虎の顔を打ち出した鉄の鉢金を巻いていた。年は三十半ばだろうか、日焼けと潮で荒削りの顔がより凶悪に見える。ごつい青竜刀を振り回して号令をかけている。

その姿にカネやスサントはすっかり肝をつぶしてしまった。

「おーい、老金！　俺だ、俺だ。浦島左兵衛だ。これはおまえの獲物じゃない。俺の顔に免じて通してくれ」

それを聞いた金は大笑いした。

「ふん、倭寇の棟梁の言葉とは思えないな。今日はおまえと遊ぶ暇はない。そこにいるぽっちゃりした若様と姫様の月の涙とかいうお宝さえ渡してくれたら通してやるよ」

それを聞いた秀明やカルナはただの物取りで来たのではないとわかった。

「張大福の差し金か。悪いことは言わない。あんな仁義もわきまえない役人の言いなりなんかなるな。さんざんこき使われて、挙句の果ては官憲に売られるぞ」

「ははは！　坊主みたいに説教するのか。おまえは本の読み過ぎなんだよ。あまり本を読むと臆病になるだけだぜ」

金は振り向いて何かを命じた。銅鑼がガンガン鳴り響くと、四方から矢がヒュンヒュン飛んできた。

「みんな早く中に入るんだ！」

左兵衛の言葉にカネとスサントがカルナを守るように船内に逃げ込んだ。しかし、秀明とモンクルは甲板に残った。

「私たちも戦います」

「冗談じゃない。あなたたちは陸上では腕が立つが、海の上じゃ赤子同然だ。奴らは乗り込んでくる寸法だ。だから姫や若様のそばにいて守ってやってくれ」

自分たちがかえって足手まといになると察した二人はすぐに船内に入った。それを確認すると、左兵衛は戦闘の合図を出した。こちらも矢で応戦したが、敵は四方から射てくるので、思うように応戦できない。やがて船が近距離になると、鉤爪のついた長い鎖を四方から投げ込まれた。ガツンと三つ爪の鉤が四方に食い込み、船が動かなくなった。

「兄貴、前に進まねぇぜ」

「帆を下ろせ。櫓で漕ぐんだ」

しかし、帆を下ろそうとした下っ端の二人が瞬く間に射殺されてしまった。そして四方から船が体当たりしてきた。ぐらっと船が揺れて船室にいたカネが思わず泣き出した。それをモンクルが大丈夫だとなだめた。まもなくチャルメラの音が鳴り響くと、荒くれどもがどっと船に乗り込んできた。

「いいか！　一人たりとも船室に入れるな」

左兵衛はそう言って襲ってきた倭寇を続けざまに二人斬り倒した。もう甲板の上は激しい戦闘となった。一方、船室にいる秀明とモンクルは剣を構えて襲撃に備えていた。

「兄さん、私も戦います。武器を貸してください」

スサントの言葉に一同驚いた。もう十五歳になっているのだが、みんなの頭にはあの七歳の幼い姿をいつまでも引きずっていたのだ。

「やがて国王となられる方を修羅場に引き込むわけにはまいりません。どうか……」

「兄さん、水臭いじゃないですか。私たちはもう兄弟なのです。兄さんは十三歳で勇猛果敢に戦いました。私も十五歳です。兄にできて弟にできないわけはない。それに身内や友人を守れないのに国民を守れる国王になれますか」

と秀明の言葉を遮るように言い切った。

「涼しい言葉だね」

思わずカネが感動して涙をこぼした。秀明はカルナの顔色を窺った。何も言わず大きくうなずいた。秀明の船室には多くの武器が置いてあった。その中から日本の手槍を選んで渡した。スサントは首をかしげた。

「剣はないのですか?」

モンクルが笑って話し出した。

「剣や刀は修練しないと使いこなせない。槍は突く、斬る、叩く、払うと自在に使える武器だ。ただ突くのはやさしいが、引くのが難しい。そこを間違えると敵に柄を取られたり、折られたりしてしまう」

そう言いながら槍の使い方を教え出した。

さて、甲板では左兵衛たちの奮戦で何とか押し返していた。

「浦島！　今日こそは決着をつけるぞ」

金が青竜刀をかざして左兵衛に襲い掛かってきた。が、猛獣のような金の太刀さばきを俊敏な動きでわけなくかわしていった。

「ええい、いまいましい！　これでもくらえ」

金が真横に払うと、左兵衛はビュンと跳躍して後方に身をかわした。金の青竜刀は勢い余って帆柱に食い込んだ。

「しまった！」

次の瞬間、左兵衛の太刀が一閃した。青竜刀の柄を握ったまま右腕が切断されていた。

うめき声をあげながらよろけた。

「棟梁！　しっかりしなせぇ」

数人の部下が駆けつけ苦しみもがく金を抱えていった。首領が重傷を負ったことで、倭寇たちは慌てて船に引き上げた。左兵衛はほっとして太刀の血糊を傍らに倒れている死骸の袖で拭き取った。

突然、無数の炸裂音とともに周囲が白い煙に覆われた。金西山の船が去り際に投擲したものらしい。炸裂弾には殺傷や破壊を目的とする焙烙《ほうろく》と煙幕としての鳥の子がある。左兵衛の船に投げつけられたのは後者の方であった。

「兄貴、変ですぜ。俺たちが奴らを追跡するわけもないのに鳥の子を投げるなんて」

煙に咳き込みながら熊五郎が早口でしゃべった。

「確かにそうだ。むしろ焙烙や火矢で船を焼き、逃げ出そうとする若君や姫を捕まえた方が早いはずだ」

「ということは……」

「新手が来たぞ！」

向こうの方で手下が大声で叫んだ。と同時に無数の矢が飛んできた。左兵衛は身を低くしながら煙を掻き分け、声のする方へ駆けつけた。

「どこだ！」

「あれでさ」

消えかかる煙の中に五艘の船影が見える。中央の大きな船の両側に小早が二艘ずつ並んでこちらに向かってくる。中央の船首に黒い亀の頭が見えた。

左兵衛の緊張感は頂点に達した。煙がすっと消えていくと、黒地に金色で玄武を描いた三角旗がはっきりと見えた。中央の船は異様な形体をしていた。普通の小早より一回り大きいが、上部は黒い亀甲で覆われていた。といっても実際は船体を太い竹束で囲い、その上に厚い動物の革を貼り付けたものである。

「兄貴、あれが噂の……」

「玄武北山党《げんぶほくざんとう》だ」

「白虎西山党とは犬猿の仲じゃ……」

「やはり大福が裏で動いているんだろう。よし、死ぬ気で漕ぐんだ！」

一旦左兵衛の船は黒い亀甲船を引き離したが、四艘の小早が四方を取り囲んだ。そして各小早から十人ほどの黒ずくめの男たちが次々に海に飛び込んだ。こちらに泳いでくるのではなく、深く潜水したようだ。亀甲船は左兵衛の船の左舷に頭を向けた。やがて舳先に黒ずくめの小太りの男が姿を見せた。

「左兵衛、久しぶりだな。さっきすれ違いざまに西山を見たが、ありゃ助からねぇな。腕は落ちてないようだな。おまえのおかげで白虎西山党はおれの配下になる。いや、今日はおまえの首をいただいて青龍東山党も手に入れようって寸法よ。だが、その前にその船にある二つのお宝を渡してもらおうか」

「張大福に頼まれたな、江北山《こうほくざん》！　そろそろ足を洗って海鮮料理屋の老板《ラオパン》（店長）でもやってろ」

「黙れ！　それならおまえを膾《なます》にして店頭に飾ってやるよ」

もう五十も半ばを過ぎているだろうか、黒い頭巾から白い毛が見えている。背は五尺余りと低く、かなり猫背であった。目は濁り、眉は薄く、下膨れの丸顔は脂ぎって見る者に嫌悪感を与えた。江がにやっと黄色い前歯を見せたとき、左兵衛の船の周囲から一斉に黒ずくめの男たちが飛び出し、鉤のついた投げ縄をビュンと投げ込んだ。そしてするするといとも簡単によじ登ってきた。

「みんな、海の中に叩き落とせ」

熊五郎の命令下、手下どもは長槍で突いたり、矢で射落としたりした。すると亀の頭の口が大きく開き、中から赤い煙が噴き出した。左兵衛たちは思わず怯んだ。目がしみ、鼻がつんとした。その隙をついて、黒ずくめの男たちは船室に突入した。女の悲鳴が上がった。

左兵衛も熊五郎も目潰しを食らって思うように動けない。向こう側から江の罵声が聞こえてくる。やがて船室の方で人が転げる音が聞こえ、甲板で激しく切り結ぶ音が響いた。

「秀明！　蒙克！　大丈夫か」

「こんな奴らはおれたちの敵じゃない」

モンクルの元気な声が聞こえた。

「申し訳ない。みんな目潰しを食らって動けないんだ」

「大丈夫、二人で追い払いますよ」

秀明がそう言って黒ずくめを二人、三人と斬っていった。

「いや、三人です！」

船室からスサントが槍をひっさげて出てきた。

「若君！　危ないから中に入って姫をお守りください」

モンクルの言葉に首を横に振った。

「だから私も戦うと言ったでしょう」

モンクルも秀明も何とかスサントを中に入れようとしたが、どうしても聞き入れなかった。

「おい、あのぽっちゃりした坊やが若君様だ！　早く捕まえるんだ」

江の声が甲板に響き渡った。すると黒ずくめがどっとスサントに集中した。

「早く中へ！」

秀明が叫び終わらないうちに一人がスサントに襲いかかった。思わず槍を突き出した。何とか黒ずくめの体に突き刺さったが、抜こうにもうまく引き抜けない。もたもたしているうちに後ろから抱き上げるようにして捕えられてしまった。秀明とモンクルが慌てて駆けつけたが、スサントの首には刀が突きつけられていた。

「ははは！　これでこちらの勝ちだな。かぐや姫、出て来い！　月の涙とやらを出してもらおうか」

船室から血相を変えてカルナが出てきた。

「姉上、来てはなりません。私には構わずに……」

「カルナ！　だめだ」

秀明の制止の声も聴かず、ゆっくりと黒ずくめの前に近づいた。そして懐から月の涙を取り出し、前に突き出した。

「ほう、それがお宝か。ありがたく頂戴するぜ」

黒ずくめの一人が手を差し出して取ろうとしたとき、突然青い光が稲妻のように光った。南国の青空が一瞬にして黒雲に覆われ、雷鳴とともに海が大きく揺れ、海中から巨大な竜巻が現れ、江の亀甲船や手下の小早を巻き上げた。江の醜い悲鳴がこだました。そして甲板にいた黒ずくめの連中も大空に巻き上げられた。

しかし、スサントも一緒に天空に舞い上がった。

「スサント！」

カルナの悲痛な声は雷鳴に掻き消された。そのスサントは三十メートルほど舞い上がったところで静止し、半径二メートルほどの青い光の玉の中に閉じ込められると、ロケットのように天空の彼方に飛んでいった。

やがてもとの晴天に戻り、海も静かになった。水面には亀甲船の残骸やら黒ずくめの男たちの死体が浮いていた。カルナは思わず甲板の上にうずくまった。

「なぜ、なぜなの、母上……。スサントが……」

じっと月の涙を見つめていた。また奇跡を起こしてここにスサントを連れてくるだろうと期待していた。だが、何も起こらなかった。

「必ず生きているよ。あの青い光の玉に守られて」

そんな慰めの言葉しか秀明には出なかった。重い空気の中で再び船は日本へ向かって走り出した。

月の涙

山口城下の浦島太郎

一

瀬戸内海には大小さまざまの島がある。今ではその片鱗も残っていないが、浦島という小島があった。中世には浦島城を中心に浦島一族が栄えていた。もともとこの地域は村上水軍の縄張りであり、大内氏の庇護の下、勢力を持っていた。浦島一族も村上水軍の配下にあったが、左兵衛の父の代から南洋に出て密貿易で利益を得るようになった。

カルナ一行はまず浦島城に滞在し、左兵衛から日本のことについて学んでいた。言葉はもちろんのこと、水や食べ物の違いには苦労した。琉球はまだ亜熱帯地域で、バハギア王国に近いものがあった。しかし、日本はまったく違う。生魚や生卵だけはカルナも秀明も辟易した。玄米は硬く、白米もたまには供されたが、南方の米とは異なり、かなりねちねちしていた。

服装や髪形も独特なものである。

「秀明殿、袴の前と後ろが逆さまですぞ」

などと周囲の者によく笑われた。それに日本語も難しい。

「すべて漢字だけなら便利なのに……」

秀明がぼやくと、カルナも笑いながら、

「でもひらがなも美しいものですよ。いまだに『あ』と『お』を間違いますけどね」

と言って、互いに笑った。

ここ山口は有力守護の大内義興の城下である。すでに室町幕府の力は失せ、各地で戦乱が絶えない。義興は有力守護大名としてしばらく京にあったが、尼子氏の動きが活発化したので、前年八月、山口に戻っている。

浦島城近くの浜辺でカルナはじっと波に漂う小船を見つめていた。もう長い間、海洋を漂流していたのであろう、波にもまれて浮いては沈み、沈んでは浮いていた。その姿に思わず涙が出てきた。

「そこにいたのか」

秀明が駆け寄ってきた。

「ここで海を見るのが好きなの」

近くで島の男の子たちが無邪気に遊んでいる。その姿をカルナは感慨深そうに見つめている。

「スサントは必ず見つかるよ。左兵衛さんたちも手を尽くして捜してくれている」

大きくうなずくと、懐中から月の涙を取り出し、強く握り締めた。

「ええ。父上、母上もきっと守って下さっているわ」

そう答えたものの、表情は暗かった。

「そうそう、大内様が我らとお会いしたいそうだ。明日にでも参ろう」

そう言ってカルナの手を引いて城に戻っていった。

山口は京都によく似ている。盆地であり、北に七尾山、南に向山が聳え、広大な城館の西側には一ノ坂川、東には椹野《ふしの》川が流れている。城館を中心に街は整備され、今小路、中殿小路など、京風の名をつけている。神社・仏閣も多く、野卑な浦島城とは空気が違っていた。

カルナと秀明は左兵衛の先導で大広間に控えていた。カルナは日本風に長い髪を垂髪にし、紫色の艶やかな小袖をまとっていた。秀明も日本風に烏帽子、直垂《ひたたれ》を身につけていた。

「殿の御成りじゃ」

左兵衛が声をかけると二人は平伏した。ずんずんと足音が正面まで聞こえると、着物のすれる音がした。

「待たせたな。両人、面を上げよ」

よく通る声が大広間に響いた。二人はゆっくりと顔を上げた。体格のいい武人であった。小豆色の直垂には金糸で大内の家紋が施されている。烏帽子が少し小さく見えるほど四角張った顔には長い間修羅場を生き抜いてきた力強さが窺えた。その一方で、鼻の下に八の字の髭をたくわえ、うっすら化粧をして公家風の装いも見られた。決して武骨一辺倒の武将ではないとわかった。

「バハギア王国のカルナ姫とその夫李秀明であるな。左兵衛から聞いたが、いろいろ苦労をしたようじゃな。カルナ、いや琉球風にかぐや姫の方が言いやすい。どうじゃ、こちらの風土には慣れたか」

「はい。左兵衛様に言葉から習慣まで学んでおりまする」

側近の者が即答は失礼だとすぐにたしなめた。しかし、義興は即答を許した。

「そうか。秀明、おぬしは福建の生まれだそうだな。明との交易に協力してくれ。おぬしのような有能な若者が必要なのだ」

「はい。喜んで働かせていただきます」

「二人とも言葉が達者じゃのう。浦島城では窮屈だろう。城下に屋敷をひとつ与えるから好きなだけ山口にいるがよい」

「ありがたき幸せ！」

二人は深々と頭を下げた。

「そういえば、秀明は学問だけでなく、剣もかなり遣えるそうだな。京から面白い武芸者を連れてきておる。ひとつ手合わせしてみないか」

秀明は滅相もないと一度は断ったが、是非にもと義興が迫るので承諾した。庭に下りると烏帽子を取り、直垂の袖を脱ぎ、襷をかけた。

やがて庭の向こう側から三十がらみの武士がぬっと現れた。黒い小袖と武者袴を穿いている。一見優しそうな男であったが、何ともいえぬ空気が漂っていた。側近の者が二人に太刀を渡した。

「刃引きはしてある。安心して存分に立ち合え」

そう告げて引き下がった。

「勝呂隼人《すぐろはやと》でござる」

そう名乗って一礼した。秀明も同じように名乗って一礼した。左兵衛からは日本語のみならず、日本の武術や礼法も学んでいた。双方太刀を抜き払った。隼人は足を八の字に開き、太刀を八双のように構えた。「ように」とは現在の八双の構えよりは腰を低くして肘を張っている。この当時は甲冑を着るのでこのような構えになる。

秀明は脇構えのまま、ゆっくり間合いを縮めていった。隼人は決して大柄な男ではないが、何やら大きな壁のように見えた。得体の知れぬ恐怖が秀明の体を走った。隼人が動いた瞬間、下から斬り上げた。が、いとも簡単に跳ね返された。間髪容れず、隼人の太刀が飛び、二、三合切り結んだ。

秀明は一旦飛び退いて、正眼に構えた。ふと隼人の後ろにある大木の上に何かを感じた。隼人も何かを感じたらしい。突然、大きく跳躍した。ほとんど同時に秀明は太刀を思い切り大木の上方へ投げつけた。

隼人が着地すると、ガサッと大きな音とともに大木の上から黒い物体が落ちてきた。大広間で悲鳴が上がった。数人の家臣たちが慌てて駆け寄った。それは柿色の装束を着た男であった。左の太股には秀明の太刀がざっくりと突き刺さっていた。傍らに半弓と、くの字に折れた矢が落ちていた。

「何者じゃ?」

「殿のお命を狙った刺客に違いありません。おそらくは細川の手の者かと」

「息はあるか」

「はい、まだございます」

「殺すな。誰が差し金か、しっかり聞き出すのじゃ」

「御意!」

男は家臣たちによって庭の奥に運ばれていった。義興は縁側まで出て、二人を呼び寄せた。

「とんだ邪魔が入ったが、おぬしたちのお陰で命拾いした。先程は宙を飛んだ隼人に、秀明が太刀を投げつけたものとばかり思っていたが、こういうことだったのか。実に見事である。隼人は賊の矢を折り、秀明は賊の腿を刺すか。ははは、双方、大儀大儀！」

義興は上機嫌で高笑いした。そして隼人には来国俊《らいくにとし》、秀明には助真《すけざね》の太刀が与えられた。この勝呂隼人という武芸者がどういう人物であったか、史料にはまったく記されていない。ただ京で塚原新右衛門という若い旅の武芸者に師事したとだけ本人が語っている。これを契機に秀明とモンクルも隼人に弟子入りした。

二

秀明とカルナは城館の南に小さな屋敷を与えられたが、カルナは海が恋しいと、浦島城にもよく足を伸ばした。翌年、二人の間に男子が誕生した。義興から一字賜り、李興国《りこうこく》と名づけた。バハギア名をハミッド・ラーマカーンと称し、和名を左兵衛の苗字をもらい浦島太郎とした。

その太郎が三つになる一五二三年に秀明は遣明船に随行することになった。義興の計らいで、二十年ぶりの里帰りが許された。

「父上は最近、うれしそう」

子どもはよく親を見ている。太郎を膝の上に乗せながらカルナは秀明の顔をのぞきこんだ。

「そんなにうれしゅうございますか、里帰りは。羨ましいですわ。私の国はあの蛇男に支配され、地獄のようになっているのに……」

「父の遺髪を故郷に納めたらすぐに帰ってくるよ」

「何もなければよいのだけれど。いやに胸騒ぎがするのです。十分気をつけてくださいね」

「大丈夫。正式な遣明船には張大福といえど手出しはできない」

そう言って太郎をカルナから奪うように抱き上げ、満面の笑みであやした。

「父上は大丈夫、父上は大丈夫……」

太郎はきゃっきゃっと笑った。忌まわしい大福の名を聞くだけで、カルナは気分が悪くなった。

その大福は遣明船の入国審査をする寧波《ニンボー》にいた。市舶司（入国管理事務所）太監（長官）の頼恩《らいおん》と密会を重ねていた。

「張様、かねてよりお捜しの若い夫婦、見つかりましたぞ」

「ほう、どこに」

「日本の山口です」

布袋腹をポンポンと打つと、満面に笑みを浮かべた。

「大内なら優秀な明人を雇うな。まさか今度の遣明船に」

「乗ってきます。捕えますか」

「いや、正式な遣明船には手は出せまい。何か騒動を起こさせればよいのだが」

「あははは。よい材料がありますよ。ちょうど細川の遣明船も来るとか。宋素卿《そうそけい》が副使だと本人から知らせが来てます」

頼の杯に酒をなみなみと注いで、顎をなでて怪しい眼光を放った。

「それは好都合。両者は犬猿の仲。細川の方を優遇して大内の連中を怒らせ、騒動を起こさせればこっちのもんだ。罪人となれば、あいつを捕縛できる」

大福はぐっと杯を干した。頼はすぐに酌をした。

「ただ正式な勘合符は大内に奪われ、細川が持っているのは古い弘治勘合だということです」

「ははは。そんなこと太監ならどうにでもなるだろう。多少あれを取って、先に入国審査して手心を加えてやればいい。逆に大内の方を厳しく審査する。何しろ宋はここ寧波の人間だ。あいつの面子を立ててやれば、将来、何かと役得が得られるだろう。おまえさんにもいい話だ。全面的に細川方を支援しなさい」

「わかりました」

大福は腹を何度も叩いて高笑いした。

謙道宗設《けんどうそうせつ》を正使とする大内の遣明船三隻は、四月に寧波に入港した。しかし、なかなか入国審査が始まらない。

「いつになったら審査してくれますか」

秀明は何度も市船司に出向いて審査を要請するが、

「遣明船は日本だけではない。こちらも順番通りに審査しておる。もう少し待て」

と、いつも門前払いであった。随行している武士の中には気に食わない、役人を斬るなどと騒ぎ出す者もおり、秀明はそちらを抑えるのにも苦労した。

ところが数日後、細川の遣明船が入港した。船は一隻で百人ほどであった。

「細川め、古い勘合符で審査を受ける気だぞ」

「いずれにせよ、わしらが先に審査を受け、正式な遣明船として堂々と入国できるのはわかっている。後からのこのこ来て、古い勘合符をつっ返されて泣きながら帰国する奴らの姿を想像するだけで笑いが止まらぬわ」

大内の一行は細川一行のことを酒の肴にして嘲笑した。秀明は今回通事の一人として来ている。日本の武士の慣習や作法については大分理解していたが、こうした荒くれ武士たちの言動には眉をひそめていた。ふと出国前に漏らしたカルナの言葉が脳裏に浮かんだ。

宋素卿は早速、頼恩に会った。頼は機嫌よかった。

「頼様、すでにお願いしてありますが……」

「御心配なく。明国としては細川公の使者を正式な遣明船として認めます。ただいろいろ細工が必要なので」

宋は後ろにいた者たちに目配せすると、大きな箱を数箱も運ばせ、中を開けさせた。それを確認した頼はますます上機嫌になった。

「ここはあなたの故郷でしょう。面子を潰すようなことはいたしませんよ」

その日のうちに細川側の入国審査が行われ、問題なしとなった。このことを知った大内側は面子を潰されたといきりたった。市舶司に斬り込むという武士たちを抑え、秀明は頼に抗議した。

（この若造が李秀明か）

じっくりと顔を見た。

「まあまあ、落ち着いてください。私は今日の昼まで出張に行っておりました。部下が要領を得ず、長い間お待たせして申し訳ありませんでしたね。たまたま帰ってきたところに細川側の船が来たものですから先に審査してしまったのです。部下がきちんと大内様のことを報告してなかったので、こんなことになってしまいました。先程、きつく叱っておきました。明日の朝一番でやりますから御安心を」

秀明もそう言われると引っ込むしかなかった。翌朝、大内側の審査が行われ、無事入国できることになった。勘合貿易はあくまでも朝貢貿易であるからホスト国の明国が外国の使者を接待した。

しかし、その宴席で大内側と細川側の使者が同席することになった。それだけでも大内側にとっては誠に不愉快であった。しかも細川側の正使である鸞岡瑞佐《らんこうずいさ》を謙道宗設よりも上席に座らせたのだ。宿泊所も大内たちは近くの寺院に分宿させられたが、細川一行は市舶司内に宿泊された。

「差別じゃないですか。これではこちらの面目が立たない」

と秀明は頼に食らいついた。

「いやいや、そちらは三百人という大人数ですから役所内では収容しきれないのですよ」

と、のらりくらりと頼は答えた。何より心配なのは使者たちの不満が爆発することであった。秀明は血気にはやらないように宗設をはじめ、使者たちに平身低頭して説得に回った。とはいえ、さすがの秀明も今回の市舶司のやり方には疑問を抱かざるを得なかった。

「秀明、とんだ里帰りになったな」

そう声をかけたのは沈着冷静な大石多門《おおいしたもん》であった。腕も立つが、好奇心が強く、秀明が来日したときから海外の事情を具に《つぶさ》聞いてきたり、中国語の教授を乞うてきたりした。

「はぁ、どうも合点がいかないのです」

「そうだろう。何か裏がある。どうする」

「あれを使いましょう」

秀明は市舶司から出てきた下級役人を指差した。秀明と多門は王というその男を飲み屋に誘い、たらふく酒を飲ませた。初めは知らぬ存ぜぬを繰り返していた王も酒が回るにつれ、聞きもしないことまでべらべらと話し出した。

「ここだけの話ですよ。頼様のご指示で、細川の方を大事にして、大内の方は冷遇しろっていうんですすよ。いくらなんでもひどいじゃないですか」

大分呂律が回らなくなっている。

「どうして頼様はそんな指示をなさったんだろうね」

秀明が優しい口調で尋ねた。男は多門に注がれる酒をぐいっと飲み干し、笑い出した。

左手の親指と人差し指で輪を作って見せた。

「これこれこれ、地獄の沙汰もこれ次第よ。大きな箱を五つも持ってきたよ。副使の宋素卿がね。中身は黄金だか白銀だか知らないけどね。宋はここ寧波の出身でね。借金が返せなくなって、日本に連れて行かれたんだが、交易に携わるようになって細川高国に重宝されたようだね。なにせ細川の勘合符は古過ぎて逆立ちしたって入国審査に通りはしないさ。ははは」

「賄賂で便宜を図ったわけですね」

「そういうこと。それに……」

王は少し声を落とした。

「頼様の裏にはもっと大物がいると思うよ」

「大物？　そいつが頼様を操っているというのですか」

王は多門にもっと注げと催促した。多門がなみなみと注ぐと、またぐっと飲み干した。

「一度見たよ。布袋様みたいな男だったね。中央の役人なのか、どうかはわからないが、横柄な人だ」

「布袋様」という形容に秀明はある男を想起した。

「その布袋様の名前は張大福とかいいませんでしたか」

王は杯をぽんぽんと叩いて噴き出した。

「そうそうそう、大福、大福。あれは悪党だろうね。一目見てそう思ったよ」

秀明は頭の中の氷山がみるみるうちに溶けていくのがわかった。またしても大福の陰謀であったのだ。すぐに二人は宿所の寺院に戻った。

三

真相は判明したものの、二人は真実を皆に伝えるべきか躊躇した。賄賂で便宜を図ったということが知れれば、今度こそ逆上した使者たちが何をするかわからなかったからである。一応、二人は沈黙を守ることにした。

ところが、真実は意外なところから漏れた。例の下級役人の王が酔って町を歩いていた。すると大内の使者が数人、秀明とは異なる通事を伴って飲み歩いていた。王は彼らを細川の使者と誤解したらしい。

「いやいや、これは細川のご一行。宋素卿様が賄賂をたんと贈ったおかげで、あなたたちは最高の待遇でよかったですな。ははは、大内たちのあの不機嫌な顔ったら、へへへ。思い出しても笑っちゃうね……」

通事の通訳を聞いたとたん、使者たちの顔色が変わった。太刀の柄に手をかける者もいたが、ここは芝居を打った。

「こちらこそお世話になった。さあ、一献差し上げますからこちらへ」

とそのまま男を宿所に連れて行った。こちらは秀明たちとは異なる寺院であった。正使の宗設もいた。男を締め上げて、賄賂の話が真実であることがわかった。

「細川討つべし！」

まず宗設らが二百名ほど引き連れて、市舶司へ斬り込んだ。宗設は部屋で寛いでいた瑞佐を一刀で斬り倒した。

「アイヤ！」

傍らにいた宋素卿は仰天して窓から飛び降りた。大内側は次々と細川の使者を殺していった。

秀明のいた宿所にも細川の悪事が伝えられ、皆逆上して駆け出していった。初め秀明と多門は仲間同士の喧嘩だと思っていたが、やがて賄賂がどうの、宋素卿がどうのという怒号が聞こえ、真相がどこからか漏れたのだとわかった。

「どうする多門さん、困ったことになった」

「こうなったらどうにも抑えきれない。秀明、おまえは早く脱出して福建に行け。ここで問題を起こせば、明の官憲に捕えられるだろう」

「多門さんは？」

「途中まで同行しよう。あとは船でも見つけて……」

そこまで言いかけたとき、紅蓮の炎が町に広がっていった。大内一行は細川一行を殺害するだけでなく、彼らの遣明船を焼き、町に放火までした。さらに逃亡した宋を隣の紹興城まで追いかけていった。世にいう寧波の乱である。

「それならば、一緒に故郷に来て下さい。多門さんなら皆歓迎しますよ」

「それもいいな。どうも厄介なことになりそうだから」

二人は寺を抜け出し、港の方へ駆け出した。しばらくすると無数の提灯が二人を包囲した。十数人もの武装した官憲であった。その中央からぬっと巨漢が現れた。

「秀明、久しぶりだな」

「大福か！　今回の騒動を企てたのもおまえだな」

「何をたわけたことを。これは日本の武士同士の争いだ。それを明国の役人のせいにして殺戮や放火をしている。おまえの主の大内とは野蛮な武将だのう」

そういって腹をポンポンと叩いた。

「大福、今日こそは一命もらいうける」

「ははは、それはこっちの台詞だ。ものども二人を捕えよ」

官憲がどっと襲いかかってきた。秀明は突いてきた槍を奪って一人二人と倒していった。多門も太刀を抜いて、次々と斬っていった。

「あれが大福か」

「父の仇です」

「それは逃してはならぬな。この小役人どもは俺一人で十分だ。おまえは仇を討て」

秀明は数人突き倒すと、跳躍して大福の前に躍り出た。

「小僧、おまえを囮にしてカルナをおびき寄せる」

「それが狙いか。たとえそうしてもカルナは死んでも月の涙を渡さぬぞ」

「小賢しい奴め。懲らしめてやろう」

傍らの官憲から剣を奪い取り、一閃させた。秀明の槍の穂先が切られて宙に飛んだ。

「ふん、その程度の腕前でわしに勝てるのか。ははは」

その切り口を見てもただの巨漢ではないらしいことがわかった。すかさず太刀を引き抜いて大福の二の太刀をかわした。二、三合切り結ぶと、秀明はさっと後ろに退き、両手を真横に大きく開いた。

「何だ、その構えは。日本の剣術か」

唾をぺっと吐き捨てると、稲妻のように突きを入れた。一瞬、視界から秀明が消えた。はっと思った瞬間、下腹部に激痛が走った。足元に身をかがめている秀明を認識した。剣を引き抜き、返す刃で布袋腹を真っ二つに斬った。

「こ、こ、小僧……」

そのまま後ろに倒れて呻き声を上げて苦しみもがいた。

「大福！　おまえのためにどれだけの人が殺され、苦しんだかわかるか。父だけではない。バハギア王国の人々も、琉球の人々も、そして今騒ぎを起こしている日本人も。みんなおまえの策略で不幸になっているんだ！　今までの悪行の数々思い起こして地獄に落ちるがよい」

「わしを殺しても……黄帝土王《こうていどおう》が……おまえを……」

「黄帝土王？　それは誰だ」

大福は何か言おうとしたようだったが、そのまま動かなくなった。すでに事切れていた。実に呆気なかった。あれほど自分たちを苦しめ続けた張大福はもう屍となってしまった。体から力が抜けていくのを感じた。ふと父の生前の言葉を想起した。

「秀明、人間というものは友人よりも強敵の方が自分を強くさせ、成長させてくれるものだ。大福やスレイマンの魔の力は強い。それに負けない強い自分を作るのだ。所詮、この世は正義と魔との戦いだ。魔に勝つ力をつけることが肝要だ」

（父上、ようやく意味がわかりました）

多門に襲いかかっていた官憲たちは大福が倒れたのを見たとたん、蜘蛛の子を散らすように逃げていってしまった。

「本懐を遂げたな」

多門は息を切らしながら太刀の血糊をふき取り、鞘に納めた。寧波の町は騒然としていた。悲鳴と怒号が飛び交い、火災で闇夜の空が真っ赤に染まっていた。港でも細川の遣明船をはじめ、多くの船が焼かれていた。二人が途方にくれていたところ、一人の商人らしい明人が声をかけてきた。二人は警戒して太刀の柄に手をかけた。

「失礼ですが、永定の李秀明様ですね」

「あなたは？」

「ガイヘー・ハッカーギン（私は客家人です）」

秀明の顔がほころんだ。

「お兄様の泰明様から頼まれました。孫武《そんぶ》という者です。これを」

孫は泰明から預かってきたお守り袋を見せた。間違いなく亡き母が幼い子どもたちに与えたものだった。

「永定までお連れするように言付かっております。大内一行にいると伺っておりましたが、先程の斬り合いに出くわし、あなたが秀明様だとわかりました。とにかく急ぎましょう。あそこに船を用意しております」
秀明と多門は助かったとばかり互いに顔を見合わせた。

四

人生には一度や二度、悪いことが矢継ぎ早に起き、苦しみもがくことがある。大内義興にとって、この年、大永三（一五二三）年がまさにそうであった。宿敵尼子経久との戦いは苦戦を強いられ、味方だった毛利氏も尼子側に寝返ってしまった。それに加えて、この寧波の乱である。

宗設らは明の指揮袁璡《えんしん》を人質として帰国した。これに対して、明は琉球王国を通じて日本と交渉し、宗設の送致と袁璡の送還をすることで一応は解決したようである。結局、宋素卿は捕えられ獄死したが、賄賂を取った頼恩は何の咎めも受けなかった。

義興はその後、遣明船を出さなかったが、息子の義隆の代に再び派遣し、交易権は大内氏が独占することになる。

「秀明は大丈夫かしら」

カルナは居ても立ってもいられなかった。

「大丈夫ですよ。あの方は運が強いから」

カネが傍らで菓子を差し出した。カネもすっかり日本に馴染んだようで、二児の母であった。モンクルは庭で太郎、わが子の鶴丸と小夜を遊ばせていた。モンクルは寧波での騒動を聞いて、自分が供に行けなかったことを悔やんだ。モンクルは義興から「野中」という姓を与えられ、野中蒙克として戦陣にも加わっていた。

「さあ、みんなお菓子を食べなさい」

カネが大きな声で呼びかけると、三人の幼子がわっと縁側に駆け寄った。鶴丸は太郎と同じ三歳、小夜は二歳であった。

「ほんとに太郎様はスサント様に似てますね」

思わずカネがつぶやくと、モンクルがそれをたしなめた。カルナの顔が一瞬曇ったが、すぐに太郎を抱き上げ、膝の上に乗せた。

「そうね。日に日に似てくるの。でも涼しい目元は秀明そっくりよ」

スサントの行方はまだわからなかった。そこへ中間《ちゅうげん》の猪山《いのやま》が部屋の外で声をかけた。

「姫様。介殿《すけどの》がお見えになりました」

「介殿が？　すぐにお通しなさい」

カネはすぐに子どもたちを連れて奥へ引っ込んだ。モンクルは庭の隅に平伏した。やがて若い侍が従者とともに現れた。カルナは下座にまわると、その若い侍は上座にゆっくり座った。十五、六の少年で、色白で細面の顔に薄化粧をし、紅を引いている。紫色の直垂に烏帽子を着用している。

「介殿におかれましてはご機嫌うるわしゅう……」

「まあ、そのような無粋な挨拶はやめましょう。今日は姫のために土産を持参した」

まだ声変わりしたばかりの若い声がスサントに似ている。面を上げたカルナの顔を見てそれを直感したのか、こう告げた。

「確かなことはわかりませんが、弟君らしい異国人が京の妙心寺という寺にいるという噂がございます」

「京に？」

カルナの大きな瞳が輝いた。

「南の島に漂流した異国の少年が九州などの人買いの手によって売買されながら京の町で売り物にされていたのを妙心寺の住職が助けて保護したそうです。初めは琉球人とばかり思っていたようですが、話を聞いてみるとどうやらもっと南の国の王族だということです」

庭で泣き声がする。

「おお、蒙克か。もっと近う寄れ」

顔を涙でくしゃくしゃにしながら縁側に近づいた。

「確かなのですか」

カルナは介殿に迫った。

「だから噂だと申しておる。確信はないが、その住職は日照という高僧でのう。ただ背丈が童ほどしかないので一寸法師と呼ばれておる」

「一寸（約三センチ）！　そんな人間がいるわけございません」

モンクルの泣き顔が笑い顔になった。

「おまえは無粋な奴じゃのう。たとえじゃ。背丈が余りにも低いからそう呼ばれているにすぎない」

「すぐにでも上洛して確かめてみとうございます」

「それは随意じゃが、京までの道は遠いし、危険も多い。蒙克を遣わすがよかろう」

うんうんとモンクルが大きくうなずいた。

「いいえ、私が参りまする」

介殿は困ったという顔をした。

「まあ、それはみなで相談して決めればよい。それが一つの土産じゃ。さて、もう一つの土産はこれじゃ」

指図をすると三人の従者が笛、鼓、琴を演奏し始めた。

「どうじゃ、雅じゃろう」

ゆったりとした雅楽に酔い痴れているのは介殿だけで、カルナやモンクルにはスサントのことばかり考えて優雅な音曲も耳に入ってこない。

この介殿こそ義興の子の義隆である。このとき、十六歳である。

五

永定は今でも円楼と呼ばれる巨大な要塞のような集合住宅でよく知られている。これは客家特有の住宅である。客家人は漢民族の一種で、もともと中原（黄河流域一帯）に住んでいた人々である。戦乱などの理由から長い時間をかけて、広東や福建などの華南地域に移住した。

彼らは客家語という方言を使うが、この言葉には古代の北方語が多く残っている。日本語の漢字音にも古い漢語音が残っている。

「イッ、ニー、サーム、シー、ウン、ロック……」

多門は円楼に住む人たちから客家語や客家の文化を学んでいた。

「なるほど日本語によく似ている。面白いな」

「一から六まで数えられれば、もう多門さんも客家人の仲間だ」

泰明が酒を注いだ。泰明は泉州で商売をしている。秀明は山口に滞在していた明人を通じて、本国の兄と連絡がとれ、遣明船に同乗することを知らせていたのだ。

「兄さん、まだ日本人狩りをしているようですね」

「うん。あれだけの騒動を起こしたのだ。逃げ遅れた日本人がかなり捕えられたらしい」

多門の顔が曇った。

「ではなかなか帰国できそうもないな」

「多門さんはもうここで一生暮らしなさいよ。奥さんの候補ならたくさんいるわよ」

世話好きな陳ばあさんがそう言って料理を差し出すと、周囲からどっと笑い声が上がった。

「それもいいかな」

と杯をぐいっと呷った。そこへ孫武が入ってきた。

「町は武装した役人であふれています。ここに来るのも時間の問題かと……」

「大丈夫。この円楼だけで四百人も住んでいるんだ。秀明も多門さんも村の人間になって紛れ込めばいい」

泰明が円卓を軽く叩いた。周囲の人たちもそうだそうだと同意した。

「それにこの円楼は難攻不落の城だよ。二人に手を出す奴がいたら、この私が許さないよ」

腕をまくって陳ばあさんが声を荒げた。

翌日、秀明は兄と一緒に李家の墓に赴いた。二人で掃除をした後、持参した鶏の首を切り、その血を黄色い紙にたらした。鶏の血は魔除けである。それを墓の上に置き、墓の周りに十二枚の銀紙を置いた。これは十二支もしくは十二の月を表していると思われる。そして供物と線香を供え、紙銭を焼き、叩頭《こうとう》して祈った。

「父上、やっと故郷に戻れましたよ。安らかにお眠りください」

そうして箱に入った遺髪を墓に納めた。

「落ち着いたら琉球から遺骨を運んでここに納めよう」

泰明の言葉に大きくうなずいた。故郷の山河は美しい。しかし、カルナと太郎のことを一時も忘れたことはなかった。一日も早く、スレイマンを倒し、スサントを捜し出し、バハギア王国の再興をしなければならない。

一月余りが経った。秀明と多門はついに永定を後にすることになった。二人は村人に扮装し、孫武の船で河を下って泉州へ向かった。泰明も同乗している。

「ああ、孫さん、黄帝土王という人物を知ってますか」

孫の櫓を漕ぐ手が一瞬鈍った。

「大福が何か言ったのですね」

「どうやら大福の黒幕のようなのですが……」

「その通りです。大福は黄帝土王の右腕でした。表向きは役人ですが、闇の世界の首領格でした。しかし、最上層の覇者が黄帝土王なのです」

「一体どういう人物なのですか」

「わかりません。少なくとも青龍東山党、朱雀南山党《すざくなんざんとう》、白虎西山党、玄武北山党の四つの会党を支配下に置いていましたが、青龍東山党の党首が浦島左兵衛さんに恩義を感じ、離脱しました」

「ほう、あの左兵衛と党首にどういうことがあったのだ」

　思わず多門が口を挟んだ。孫は首を横に振ると、

「そこまでは知りません。白虎と玄武の二つは秀明さんが琉球の沿海で潰しましたね。残党は皆、朱雀の方に吸収されました」

　秀明の顔を見て、白い歯を見せた。それを聞いて、多門は秀明の肩をぽんと叩いた。

「おまえはそれほど強い奴だったのか。通事にしておくのが惜しいな」

「とんでもない。そのおかげで、義弟を見失ったのですよ」

「それにしても孫さんは情報通だな。そんな船頭にしておくのはもったいない。うちの店で働かないか。あなたのような情報に長けた人なら一流の商売人になれるよ」

　泰明の言葉に笑って首を横に振った。

「孫さん、左兵衛さんを知ってるんですね」

　秀明の問いに困惑しているようだったが、

「ええ、まあ、一度……。男気に富む偉丈夫です」

と答えて櫓を早く漕ぎ出した。秀明にはうすうす孫の正体がわかってきた。しかし、あえてそれ以上は問わなかった。

しばらくすると、河岸に数十人の武装した役人たちが待ち構えていた。船中に緊張感が走った。

「その船、止まれ！」

孫は船を河岸に着けた。どっと数人の役人が乗り込んできた。赤ら顔に髭を生やした男が先頭にいた。

「どこへ行く」

「泉州です」

孫が平身低頭して答えた。

「こんな小さな船でか。寧波で日本人が騒ぎを起こしたことは知っているだろう。逃げた日本人を捜索しておる。よって、この船を検《あらた》める」

そうすると手下たちが船の中を捜し始めた。

「おい、おまえは?」

秀明が問われると、泰明の方を見ながら答えた。

「旦那様のお供で泉州まで参ります。名は張三《ちょうさん》と申します」

「よし。おまえが主人か」

「はい、泉州の商人で、李四《りし》と申します。お役目ご苦労様でございます」

と愛想よく振る舞った。

「おい、おまえは?」

多門は問われて一瞬金縛りにあったようになった。船中の緊張感が高まった。

「ガイヘー・ハッカーギン!」

そう叫んで前に躍り出た。

「何だと?」

多門は笑いながら傍らの荷物を並べて数え出した。

「イッ、ニー、サーム、シー、ウン、ロック……」

「何を言ってるんだ、おまえは」

するとこ後ろにいた手下の一人が笑い出した。

「これは客家語ですよ」

「そうなんです。こいつは客家語しか話せないのです。洪六というバカな男です。荷物運びに永定で雇った田舎者です」

泰明が懸命に弁解した。

「うん、日本人が客家語を話すわけがないな。ははは」

赤ら顔を大きく崩した。が、

「これを見てください！」

手下が船中に隠してあった二振の太刀を見つけ出した。緊張感は極度に高まった。

「どういうことだ。日本人をどこかで匿ったのか」

多門が前に躍り出た。

「ガイへー・ハッカーギン！」

「黙れ！」

多門の体が船底に叩きつけられた。秀明は隙を見て襲いかかろうと考えた。しかし、それを察知してか、泰明は平身低頭して前に出た。

「何をおっしゃいますか。私は商人ですよ。日本刀も売れ筋なんですよ」

そう言いながら赤ら顔に近づいた。

「お役人様、落とし物ですよ」

そう言って泰明は巾着袋をさりげなく差し出した。赤ら顔はそれを受け取ると、えへんと咳払いをした。

「わかった。この船には異常がないようだ。もし日本人を見つけたら申し出るように。行ってよいぞ」

役人たちが下船すると、船は再び走り出した。一同、ほっと胸をなでおろした。

「いやいや、多門さんには恐れ入ったな。肝を冷やしたよ」

泰明の言葉に多門は左頬を押さえながら笑みを浮かべた。

「とんでもない。客家語のおかげですよ」

三人がどっと笑った。

六

介殿の情報の真偽を確かめるべく、カルナは京に向かっていた。幼い太郎はカネに預け、身の回りの世話をする四人の侍女、護衛には中間の猪山をはじめ五人の男が供をした。モンクルは義興の命で、尼子との戦いに従軍していた。まず左兵衛の船で赤間関（下関）から出発して瀬戸内海を通って堺まで行き、そこから陸路で京をめざした。

一行が京に入る頃、もう日が西に傾いていた。カルナは輿に揺られて少し眠っていた。細い道の両側に竹林がある。突然、異様な気配が漂った。猪山は思わず、注意を促した。

「皆、伏せるんだ」

その声と同時に無数の矢が進行方向、左側の竹林から飛んできた。侍女たちは悲鳴を上げてうずくまった。やがて十数人の人影がどっと飛び出してきた。

「荷物と女を置いてとっとと失せやがれ。抵抗すれば命はないぞ」

見るからに山賊か野武士の集団である。

「姫を守れ」

五人の護衛が輿の周りを固めた。

「何だ、やる気か」

一団から四尺余りの杖を引っさげた猿のような顔をした男が進み出た。顔には半首《はっぷり》という額から頬を守る鉄の防具をつけている。粗末な着物の上に鎧の籠手を付け、腰刀を差している。

「おれは猿《ましら》の三蔵だ。誰か相手になるか」

猪山が進み出た。

「拙者は猪山桃太郎だ。我らは先を急いでおる。どうか通してくれ」

それを聞いた賊たちはどっと笑い出した。

「ここはおれら庚申《こうしん》党の関所だ。命が惜しくば、女と金品を置いていけ」

「止むをえん」

桃太郎ははは太刀を抜いた。

「面白れぇ、若造。やるか」

三蔵は四尺の杖を風車のように振り回した。両端には鉄球がついている。桃太郎は太刀を正眼に構え、三蔵の動きを凝視した。ビュンビュンと三蔵の杖が繰り出される。それをすばやくかわす。鉄球が地面に当たり、ものすごい音とともに砂煙があがる。さらに桃太郎の顔面を狙うが、はずれて竹に当って粉々になる。

「小僧、やるな。だがお遊びはここまでだ。地獄へ堕ちろ！」

猿のような奇声を上げながら、三蔵の杖が飛んだ。と同時に桃太郎が前に踏み込んだ。鈍い金属音がして、三蔵の動きが止まった。半首が額から割れ、うっとうずくまった。二の太刀を浴びせようとしたとき、輿からカルナが叫んだ。

「殺してはなりません！」

桃太郎は他の賊たちに太刀を向けた。

「やるじゃないか。おれは鳥居《とりい》義太夫《ぎだゆう》だ」

ひょろっとした体つきで、頭には古い兜鉢をかぶり、上半身裸の上に腹当という前後左右だけを防御する軽装の鎧をつけている。腰刀を差し、両手を大きく猫のように構えた。その両手には四つの鋭い鉄の爪のついた手甲鉤をはめている。口を尖らせて睨み付けた。

「キィー」

奇声を上げて大きく跳躍した。次の瞬間、鈍い金属音がした。桃太郎は右手の太刀で義太夫の左の爪を受け、右の爪を左手の腰刀で受けている。

「ほう、うまくやったな」

義太夫が飛び退くと、すかさず腰刀を抜いて投げつけた。と同時に大きく跳躍した。桃太郎も跳躍して太刀を一閃させた。両者が着地すると、義太夫がよろめいた。右の太股が斬られている。

「見事だ……」

そうつぶやいてうずくまった。すると首領らしき男が進み出た。

「なかなかだな。だが、わしはああはならぬぞ。犬塚伝兵衛《いぬづかでんべえ》参る」

頭には鉢金を巻き、小袖の下に胴丸という軽装の鎧をつけ、腰刀を差し、三尺もある太刀を佩いている。前の二人とは違い、四十がらみの古武士である。伝兵衛は太刀を抜き放つと、腰を落として八双に構えた。双方、二、三合切り結んで飛び退いた。伝兵衛が激しい掛け声とともに斬り込んだ。が、伝兵衛の太刀は弾かれ、桃太郎の太刀が左の肩を直撃した。うっと体を崩した。

「ひぇー」

手下どもはそれを見て一目散に逃げ出した。太刀を納めると、桃太郎は輿に近づき、もう危険がないことを告げた。カルナは輿の御簾を上げて、うずくまって苦しんでいる伝兵衛を見た。

「大丈夫です。峯打ちですから手当てをすればすぐによくなります」

「そうですか。では日が暮れぬうちに参りましょう」

桃太郎は腰の火打ち袋から紙包みを取り出し、伝兵衛の前に置いた。

「きび団子だ。こんなものでも腹の足しにはなる。腹が満たされれば、まともなことを考えるだろう。三人で食べろ」

そう言って、輿に駆け寄った。カルナ一行は再び京へ向かって歩いていった。三人は傷口を押さえながら桃太郎の後姿をじっと見つめていた。

「猪山桃太郎……。あの男こそ主にふさわしい人だ」

伝兵衛がつぶやくと、義太夫も三蔵もそうだそうだと相槌を打った。

七

真夏の京は蒸し暑く、長旅の者には疲れが増す。応仁の乱以来、花の都もかなり荒れ果て、無人の神社仏閣も少なくなかった。妙心寺も無人となった荒れ寺に手を加えたものだった。山門は屋根がなく、門扉も朽ち果て、柱が二本立っているだけだった。

カルナは輿から降りると、従者とともに境内に入った。庫裏や本堂はあるが、鐘楼には鐘がなく、五重塔と思しき跡は礎石だけになっていた。やぶ蚊が従者たちの体にまとわり付く。ぱちんぱちんと手足を叩く音が響く。ちょうど境内を掃除している小僧がいたので、桃太郎が来意を告げた。小僧はお辞儀をすると奥へ走っていった。

やがて本堂の中から甲高い声が聞こえた。

「お待たせした。拙僧が日照でございます」

一同、目を疑った。背丈はわずか三尺（約九十センチ）しかなかった。子どもではない。どう見ても四十半ばの僧侶であった。粗末な法衣をまとっていたが、頭はきれいに剃ってあった。一同の視線を察してか、突然笑い出した。

「ははは。ご覧の通りの背丈じゃ。人は皆、一寸法師と呼んでおる。もっとも三尺はありますけどな」

侍女たちがくすっと笑った。日照は早く上がれ上がれと促した。従者たちは茶や菓子に舌鼓を打ち、日照の四方山話を楽しんだ。しかし、一向に本題のスサントの話が出てこないのにカルナはしびれを切らした。

「和尚様、弟はここにいるのですか」

日照はそれには答えず、廊下の方を向いて声をかけた。

「おい、明かりを持て」

日は暮れて、本堂の中はうっすら暗くなっていた。やがて廊下に明かりが見えた。紙燭を持った寺男らしい者が本堂に入り、四方の蝋燭に火をつけた。周囲が明るくなり、寺男の顔が見えた。

「スサント！」

カルナが擦り寄った。長年の労苦のためか、ぽっちゃりとした体形はかなり痩せていたが、スサントに間違いなかった。

「姉上、お久しゅう……」

そこまで言ってわっと泣き出した。カルナはぎゅっと抱きしめてあげた。

「生きていてよかった」

侍女たちも思わずもらい泣きをした。それからスサントは今までの経緯をゆっくりと話し出した。

宙に舞ったスサントは気が付くと、船の残骸にしがみついて漂流していた。そこへ商船に救出され、堺で人買い商人に買われ、畿内周辺を人夫などとして売られ買われて転々とした。そして京の市中に売り出されたとき、通りかかった日照に助け出されたという。

淡々と語るスサントであったが、その言葉の一つ一つには計り知れない悲しみと苦しみが溶け合って、聞く者の胸を痛めた。

「それはもう何度死を考えたでしょうか。しかし、命ある限り希望はあると和尚様にとくと言い聞かされました。正しいからこそ大難に遭うという宗祖日蓮大聖人の御金言を糧に、毎日題目を唱えて励んで参りました。冬は必ず春となる。そう信じて生きてきました。ついに今日、姉上に再会することとなりました」

日蓮がどのような人物なのか、題目を唱えるとはどういう修行なのか、カルナにはさっぱりわからなかったが、仏道修行を通して弟が強く生き抜いてきたことだけはわかった。

「こうして日本で姉弟が再会できたのも仏縁であろう」

日照は合掌して小さな声で南無妙法蓮華経と題目を唱えた。

「いや、月の涙のお導きです」

カルナは懐中より月の涙を取り出して見せた。青い光が光り出し、本堂を明るく照らし出した。

「ほう、これが噂の……」

桃太郎は珍しそうに覗き込んだ。

「ああ、これがあったら蝋燭も紙燭もいらないな」

日照の言葉に一同がどっと笑った。その夜は長々と皆、語り明かした。

十日ほど妙心寺を宿にしてカルナたちは京の町を物見遊山などして過ごし、帰途についた。京を出た街道筋で三人の男が待ち受けていた。

「猪山殿、やつらは」

桃太郎が前に出て確認すると間違いない、例の犬塚、鳥居、猿の三人だった。おそらく報復のために待ち伏せしていたのだろう。緊張感が走った。

「おまえたち、まだ懲りないのか。今度こそは命がないぞ」

太刀の柄に手をかけて腰を低く落とした。すると三人はいきなり土下座した。

「お間違いなきように。もはや歯向かう意思はございません」

犬塚が必死に弁明した。

「猪山様に懲らしめられ、われらの非力さを知りました。心を入れ替え、人様のためにお役に立ちたいと思います。是非、われらを猪山様の御家来に加えてくだされ」

桃太郎は困惑した。

「拙者は姫の屋敷に仕える中間に過ぎん。家来などといわれても……」

中世の中間は武家や公家などに仕える従者の一つで、江戸時代の中間とは異なる。桃太郎は大内家の家臣ではなく、あくまでも姫の屋敷に雇われた使用人に過ぎなかった。

「お願いでござる。厠掃除でも何でもやりまする。わが主は猪山様しかないと決めました」

「そうしておやりなさい、桃太郎。道中、護衛が増えれば心強い」

輿からカルナが声をかけた。

「よし。後に続け。くれぐれも粗相のないように」

桃太郎はきつく言い聞かせた。

「きび団子で三人も家来ができるとは」

思わず溜息をついた。

「安上がりでいいじゃないですか」

猿の三蔵がおどけて言うと、笑い声が上がった。こうして三人も護衛として加わり、左兵衛が待つ堺の港に向かった。

月の涙

南海の大決戦

一

そのころバハギア王国はスレイマンの悪政に苦しめられていた。ポルトガルも王国で取れる胡椒に目をつけ、住民を虫けらの如く扱い、酷使していた。十二年前、近くの島に逃げ込んだ人々もポルトガルやスレイマンの手下によって、ほとんど連れ戻されていた。

「そんな仏頂面で酌をするな」

隻眼の蛇は嫌々ながら酌をする若い侍女を平手打ちにした。同席していたポルトガル人は男をなだめて、侍女を下がらせた。

「女に暴力はいけませんな、王子」

「そちらの国では女を大切にするそうだが、女はつけあがると始末が悪い。聞けば、あの王女も気が強いそうだな、朱南山《しゅなんざん》」

朱南山は軽くうなずくと、箸で鶏肉の骨を挟んだ。

「骨が折れます。大福は斬られ、スサントも連れ戻されました」

「黄帝土王は何と言っておる」

「大福を殺され、かなりお怒りになっております。今、ある策を練っております」

「ほう、それは楽しみじゃのう」

ギヤマンのグラスになみなみと注いだワインをぐいっと呷った。

「黄帝土王はいついらっしゃいますか。是非お会いしたい」

ポルトガル人がそう言って南山のグラスにワインを注いだ。

「近々お姿を現しましょう」

「フェルナンド殿、闇の帝王とポルトガル、そしてこのスレイマンが手を組めば、バハギア王国だけではない、全世界を思いのままにできますぞ。ははは」

それから夜更けまで酒宴が続いた。宴が終わり、皆、退席すると、スレイマンは奥の密室に入り、椅子に深く腰掛けた。そしてテーブルの上の銀の鈴を大きく鳴らした。やがて一人の男が入ってきた。

「まあ、掛けろ」

男は言われるままに対面の椅子に腰掛けた。

「フェルナンドは食えない奴だ。こちらが隙を見せれば、武力でこの王国を占領して胡椒を独占するだろう。黄帝土王も月の涙を奪って国王の座を狙っているに違いない。皮肉なことだが、カルナと秀明という共通の敵がいることで均衡を保っている。今は執政という中途半端な身分だ。何としても月の涙を手に入れて国王にならなければ」

「ではカルナたちがいなくなれば……」

「そのときは、奴らの牙がこちらに向く」

蛇の右目がぎらっと光った。

「おまえ、日本に行って芝居を打つんだ。耳を貸せ」

二人は密談を始めた。

それから十日余り経って黄帝土王を乗せた船がデカット港近くに現れた。朱南山の船団三十隻に守られて、黄色い帆をなびかせた大きな船がゆったりと進んでいる。周囲の船団はたくさんの「朱」と書かれた赤い三角旗と朱雀の絵が描かれた幟が鮮やかに閃いていた。土王の船では楽隊が銅鑼や太鼓を鳴らしている。

デカット港にはスレイマンとフェルナンド、そして彼らの手下たちが総勢三百人ほど出迎えていた。

「明人は派手ですな」

フェルナンドが遠眼鏡で覗きながらつぶやいた。

「明国が世界で一番すぐれていると思っている奴らだ。ちやほやしてやらないと機嫌を悪くする」

そう言ってスレイマンは唾を吐き捨てた。やがて朱南山に連れられて、船から黄金の冠をかぶり、黄色い仮面、黄色いマントをまとった細身の人物が出てきた。さぞ、虎か熊のような豪傑かと想像していた二人は思わず顔を見合わせた。

「あれがそうか」

「女のような体つきだが」

「まさか。明国の荒くれ男たちを束ねる首領だぞ。女のわけがない。あなたたちの国と違って東洋の人間は全体に小柄だからな」

フェルナンドは首をかしげたが、スレイマンと一緒に出迎えにいった。

「これは黄帝土王様、よくぞお越しになりました。私が執政のスレイマンです」

わざと馬鹿丁寧な言葉で挨拶した。それを南山が通訳した。

「私はフェルナンドです。お会いできて光栄でございます」

そう言って手を差し伸べた。黄帝土王はそれには応じず、仮面の奥から甲高い声をもらした。

「こちらこそよろしく頼むとおっしゃっております」

南山が通訳した。黄帝土王は南山に手を取られながらゆっくりと歩いていった。その手には黄色い手袋をはめていた。周囲もこの異様な賓客を奇異の目で見た。

「ありゃ全身真っ黄色の仏像みたいじゃないか」

スレイマンの手下が笑い出した。すぐに南山が耳元で通訳した。すると黄帝土王はその手下の前に立ち止まり、さっとマントを翻した。何かが光ったと思った瞬間、その手下の首が宙に飛んだ。周囲がわっとどよめいた。

黄帝土王は何もなかったように前に進んだ。

「女ではないだろう」

スレイマンは苦々しい顔をしてフェルナンドに耳打ちした。

「恐ろしい奴だ」

フェルナンドはそうつぶやいて足早に歩いていった。

二

一五二四年、尼子との戦いに苦戦していた大内義興も桜尾城（広島県廿日市市）を攻略し、翌年には毛利氏が味方に復帰したため、状況は好転していた。スサントを取り戻したカルナは秀明とともにバハギア王国再興の計画を練っていた。

「左兵衛さん、王国の現状はわかりますか」

カルナは地図を開きながら尋ねた。

「はっきりした情報はわかりませんが、ポルトガル人の首領と黄帝土王がスレイマンと提携しているということです」

「黄帝土王！」

秀明は叫んだ。

「そう、青龍東山党、朱雀南山党、白虎西山党、玄武北山党を束ね、張大福を右腕とした闇の帝王です。しかし、白虎と玄武はすでに壊滅し、大福も死に、東山党は拙者の配下におります。朱雀南山党の朱南山が残党を集め、黄帝土王の右腕になっているようです」

「正体はわかりますか」

「さあ、東山党の連中にも聞きましたが、誰も見た者はおりません」

「悪党が三人そろったというわけね。一刻も早く王国の民を救わなければなりません」

庭では五歳になった太郎、鶴丸、四歳の小夜が猿の三蔵と鳥居義太夫を相手に遊んでいた。それを犬塚伝兵衛が笑いながら見守っている。猪山桃太郎は介殿の家臣に加えられ、その郎党として三人が仕えていた。

やがて廊下につつつと足音が走った。

「親方だ」

伝兵衛が叫ぶと、三蔵と義太夫は遊びの手を休め、庭に控えた。桃太郎が現れ、障子越しに声をかけた。

「姫様、バハギア国よりお目にかかりたいという者が来ております」

ぱっと障子が開いて、カルナが飛び出してきた。

「そ、それは誠か。本当にバハギア国から来たのですね」

「はい。名はあらまーだか、こりゃまーだか……」

庭にいた三蔵と義太夫が笑い出した。

「母上！」

太郎が走って座敷に上がろうとするのを制止した。

「これから大切なお話があるの。奥でお菓子でも食べなさい」

三蔵と義太夫に子どもたちを奥に連れて行くように命じた。そして桃太郎にすぐに通すように言った。

「本当にバハギア国から来た者でしょうか。俄かには信じられません」

左兵衛は不安げな顔をした。

「会えば、真偽はわかりますよ」

スサントが穏やかな表情で答えた。

桃太郎が連れてきたのは粗末なマレー風の服を着た若い男と明人であった。

「ああ、鄧文祥《とうぶんしょう》さん」

秀明はこの明人とは顔見知りであった。山口城下の唐人街に住む明人で、何度か通事の仕事も一緒にした。四十がらみの温和な男である。その若い男は恐縮して座敷の下座で胡坐をかいて下を向いていた。文祥が説明を始めた。

「私も昔、マラッカ王国で商売をしていたので、多少は言葉がわかります。先日、瀬戸内の島に小船で流れ着き、風体から明人と思われたのでしょう。唐人街に連れてこられ、いろいろ事情を聞いてみたところ、バハギア王国の住民だということです」

カルナは久しぶりにマレー語を話し出した。

「お名前は？　お仕事は？」

「アラマッドです。宮殿の親衛隊です」

おおとモンクルが手を叩いた。

「それで、どうして私たちがここにいることを知ったの」

アラマッドは感情を高ぶらせながら語り出した。王国が奪われたとき、彼は九歳だった。家族と近くの島に逃げたが、やがてスレイマンの手下に連れ戻され、家族は苦役で死に、彼はスレイマンの身の回りの世話をしているうちに武芸の腕を買われ、親衛隊の一員になった。生きのびるために残酷なことも随分やった。スレイマンは鬼のようだと語った。

「しかし、スレイマンより残酷なのはポルトガル人のフェルナンドと黄帝土王です。フェルナンドは島の若い娘を平気でかどわかし、住民を虫けらのように殺します。しかも黄帝土王は朱南山を配下にして自分が国王のように傲慢に振る舞っています」

モンクルは歯軋りして憤怒の相を表した。

「で、黄帝土王とはどんな奴なんです」

秀明の問いにアラマッドは泣き叫ぶように答えた。

「悪魔です！　黄金の冠、黄色い仮面、黄色いマントをまとった女のような華奢な体つきですが、自分に歯向かう者は容赦なく秘術を使って斬り殺します」

「黄色い悪魔か」

左兵衛がそう言って脇差の柄をぽんと叩いた。

「で、今の状況はどうなの」

身を乗り出してカルナが聞いた。

「あの二人の陰謀で、スレイマンは毒殺されました」

一同がわっと声を上げた。

「スレイマンの配下の者も殺されたり、手下にされたりしました。私も殺されるのが怖くて一旦、手下になりましたが、隙を見て逃げ出し、琉球に渡ったのです」

「琉球？　そこで」

「はい、姫と王子様が日本の山口に向かったと伺いましたので、すぐにこちらに来たのです」

「なるほど」

スサントがうなずいた。アラマッドは畳に額を擦り付けた。

「お願いでございます。皆様のお力で王国を救って下さい。紅毛碧眼と黄色い悪魔に王国は乗っ取られています。どうかお願いでございます」

そこまで言って号泣した。カルナとスサントはその言葉に胸を打たれ、奮い立った。

「参りましょう。今すぐ軍備を整えてバハギア国へ」

秀明もスサントも同意したが、左兵衛はいささかアラマッドの話ができすぎていると疑った。が、その場では同意を表明した。

三

一五二六年春、ついにカルナたちは出陣することとなった。

「そうか、行くのか。必ず勝利するのだ。落ち着いたらまた山口に遊びに来い」

義興はしげしげとカルナと秀明の顔を見た。

「ありがたきお言葉。いろいろお世話になり、何のご恩返しもできませんで」

カルナの言葉に義興は強く首を振った。

「秀明も蒙克もいろいろ尽くしてくれた。そちも月の涙の力で多くの銀鉱を探り当ててくれたではないか。礼を言うのはこちらじゃ」

義興は傍らに控えていた介殿に指図をした。介殿は恭しく上座に座り、書付を取り出して読み上げた。

「上様より兵糧として米八百石、味噌二十石、塩十石、それに軍船二隻与える」

皆、平伏した。

「一人も死ぬな。見事本懐を遂げよ」

そう言って、義興は立ち上がって出て行った。介殿は立ち上がるとつかつかと廊下に控えている桃太郎のところに歩いていった。

「桃太郎、生きて帰って来いよ」

涙声になっていた。

「必ず戻って参ります。拙者は介殿の……」

言葉が終わらぬうちに介殿は桃太郎を押し倒すように抱きつき、頬ずりをした。

「死なないでくれ、桃太郎」

桃太郎は半ば困惑していた。その姿は秀明やカルナには滑稽に見えたが、当時の日本では男色の風習があった。介殿もかなり男色の道にはまったそうだ。のちに山口を訪れたフランシスコ・ザビエルからも男色を非難されたといわれる。

カルナ、秀明、スサント、モンクル、左兵衛が中央の安宅船《あたけぶね》、桃太郎と三人の郎党はその脇の関船に乗り込んだ。安宅船は戦艦で、船首は箱型で周囲を総矢倉で囲んでいる。戦闘員六十名、水夫八十名ほどで走る。関船は巡洋艦で、船首が細く、高速である。周囲を総矢倉で囲んでいる。乗員は安宅船の半分ほどである。その他、小早（関船よりも小さい高速艇）もある。

左兵衛の手下、犬塚伝兵衛配下の庚申党、水夫などの非戦闘員も含めて総勢千五百名、十五隻の船団であった。海南島で待機していた青龍東山党の船団と合流した。大小二十隻の友軍である。龍の絵が描かれた青い幟と「林」と描かれた三角旗が無数にたなびいていた。

　中央の関船が近づき、青い頭巾をした棟梁らしい男が声をかけた。

「左兵衛の兄貴、久しぶりだな」

「おお、東山《とうざん》。おまえがいれば鬼に金棒だ。みんな、これが青龍東山党の党首林東山《りんとうざん》だ」

　左兵衛の紹介でその男を見た秀明は驚いた。

「あなたは孫武さん！」

「ははは、無事日本に帰れたようだね。騙すわけではなかったが、あなたを守るために芝居を打っていたんだよ。これも左兵衛兄貴の差し金でね。でも私が客家だということは事実だよ」

　東山はあたりをきょろきょろ見回した。

「あの多門さんはいないのかい」

「後ろの関船にいますよ」

　東山は船を後ろに移動させ、船に声をかけた。

「おーい、多門！」

その声に甲冑姿の多門が顔を出した。義興に許しを得て船団に加わっていたのだ。

「おれだよ。孫武だよ」

多門は白い歯を見せると身を乗り出して叫んだ。

「ガイヘー・ハッカーギン！」

東山も笑って答えた。

「ガイヘー・ハッカーギン！」

大きな笑い声が青空にこだました。

船団はルソンやチャンパー王国などに寄港しながら進み、ジャワ島の西にあるバンテン王国に寄港した。ここは前年、ポルトガルの侵略を退けて建国した国である。カルナは同行したカネ、太郎、鶴丸、小夜とわずかの腕の立つ護衛をここで下ろした。

「必ず迎えに来ますから待っていて」

カルナは太郎の前では涙を見せなかったが、一人になると泣いていた。京へ行ったときも妙心寺の本堂の隅で一人泣いていたのを侍女が見ている。とても修羅場に幼い子どもたちを連れて行くことはできない。

船団がスラウェシ島の南にさしかかったとき、前方から真っ赤な帯が見えた。その帯はものすごい速さで向かってくる。

「朱雀南山党だ！」

物見の声が上がった。まず青龍東山党の船団が激しく動いた。

「兄貴！　奴らはこっちが引き受けるから早くバハギア王国へ行ってくれ」

「わかった。死ぬなよ」

左兵衛の言葉に東山はにこっと笑って船を南山党の方へ走らせた。カルナたちの十五隻の船団はまっしぐらにバハギア王国へ全速力で走っていった。

「兄貴、変ですぜ。南山党の狙いはこちらの船でしょう。なのにまったく襲ってくる気配がない」

熊五郎の言う通りだった。南山党の船団はひたすら東山党の船団に立ち向かっていった。双方の間合いが縮まると、棒火矢や焙烙が相互に飛び交い、炎上する船も二隻、三隻と増えていった。やがて青い三角旗と赤い三角旗が入り乱れた。

船と船がぶつかり合い、相手の船に乗り込んで白兵戦が始まった。南山の乗る船が東山の船にドンとぶつかり、赤い頭巾をした男たちが乗り込んできた。

「林東山！　どこだ」

すると南山の頭上に白刃が飛んだ。それを受け流し、二、三合切り結んだ。

「南山、腕は衰えてないな」

東山が後ろに飛び退いて剣を構えた。

「東山、おまえと遊んでいる暇はない。カルナとスサントはどこだ」

「何をたわけたことを。こんな船にいるわけないだろ。あっちの立派な船だ」

南山が大笑いした。

「その手には乗らねぇぞ。ちゃんと情報が入ってるんだ。あっちのは囮で、この船に乗っているとスレイマンが教えてくれた」

「スレイマン？　奴は毒殺されたんじゃないのか」

「何を寝ぼけたことを。ぴんぴんしてるぜ」

すべてスレイマンの仕組んだ罠だと直感した。

「南山、おまえも騙されてるんだ。ここは鉾を納めて引き返せ」

「そんなことをしたら黄帝土王に殺される」

「その黄帝土王もスレイマンに騙されているかもしれん」

「まさか。むしろ危険なのはフェルナンドだ」

「ポルトガル人の首領か」

「ああ。スレイマンの話では、奴はおまえらを葬った後、月の涙と胡椒の交易権を独占し、王国を植民地化する魂胆だそうだ。それには邪魔なスレイマンと黄帝土王を消す計画だそうだ。だから」

「だからこの船を襲って、姫と王子を捕えてスレイマンのところへ送ろうとしたわけか」

「二人はどこだ。早く出せ。おまえの命ぐらいは助けてやるぜ」

「だからここにはいないと言っているだろう。嘘だと思うなら隅から隅まで捜してみろ」

船はすでに南山の手に落ちていた。東山はすでに手下たちに取り囲まれていた。南山の指示で手下たちが船内をくまなく捜したが、二人の姿は見つからなかった。

「どうだ、嘘じゃないだろう。それにしてもどうして俺たちが攻めてくるのを知っていたのだ」

「冥土の土産に教えてやろう。スレイマンの手下が定期的に伝書鳩で伝えていたのさ。だが、二人がこの船にいるというのは間違いだったようだな」

「そうだったのか」

「では東山、あの世で海鮮料理でも食っていろ」

合図をすると、手下たちは一斉に槍や剣を振り上げた。そのとき、大きな爆音とともに船が揺れた。

「兄貴、大丈夫か」

東山の手下たちが別の船から乗り込んできた。たちまち船内で白兵戦が始まった。東山は剣を振りかざし、南山に斬りかかった。南山の額が割れ、舳先に倒れこんだ。さらに止めを刺した。

朱雀南山党の船は悉《ことごと》く火の海となり、青龍東山党の船団はカルナたちの船団を全速力で追いかけた。

四

デカット港の近くには五門の大砲が設置され、フェルナンドの手下たち百数十名が鉄砲や槍で防備を固めていた。

「スレイマン様、これで勝利は間違いありません。日本の海賊だか、倭寇の船だかには大砲も鉄砲もありませんから」

たどたどしいマレー語でフェルナンドは満面の笑みで語った。

「いやいや、フェルナンド将軍は軍神ですな」

スレイマンはわざとおだて上げた。

「奴らを駆逐した暁にはお約束通り……」

「大丈夫です。胡椒の交易権はすべてあなたのものです。月の涙も差し上げましょう。ポルトガルが未来永劫、わが王国の主権を尊重し、友好国として交流してくださるのなら」

「もちろんでございます。バンテン王国のような愚かな国もありますが、貴国はすばらしい」

砲台の近くに祭壇を設け、黄帝土王が何かを祈祷している。その側近と思われる数人の黄色い衣を着た道士も見られた。スレイマンは指差した。

「あの黄色いお化けにはくれぐれも気をつけてください。カルナたちを亡き者にした後には魔術であなたと私を殺し、この王国を乗っ取る計画だと部下の調べでわかりました。カルナの軍と戦いが始まったら、混乱に乗じてあれを始末した方がいいかもしれませんな」

「どうも陰気臭い奴だと思ってました。しかし、奴には朱雀南山党がついているでしょう」

そのとき、スレイマンの部下が駆け寄ってきた。そして鳩を差し出した。

「来たか」

「はい」

そう言って部下は傍らに控えた。鳩の足には手紙がついていた。それを急いで広げて目を通した。思わず高笑いをした。

「どうされました」

「お喜びください。あなたの心配していた朱雀南山党は壊滅し、南山も戦死しました」

「何ですって?」

「すでにカルナの船にうちの間者を忍び込ませて状況を報告させていたのです」

「さすがはスレイマン様、お見事ですな。委細承知しました」

二人は顔を合わせて大笑いした。

一方、東山の船団はようやくカルナたちの船団に追いついた。東山はカルナの乗る安宅船に乗り込むと、カルナたちを集めて事の顛末を早口で伝えた。

「何、間者が?」

左兵衛はちらっと向こう側に立っているアラマッドを見た。すぐに熊五郎を呼んで鳩を飛ばしている奴はいなかったか聞いてみた。

「そういえば、あのバハギア人が時々鳩を飛ばしてましたね。何でも生き物を解き放つと功徳があるとか何とか……」

「やはり……」

左兵衛は部下に命じて船室に行き、アラマッドの荷物を検めさせた。すると鳩が多く入った駕籠を見つけ出した。それを持って、皆、アラマッドを取り囲んだ。

「これは何だ！　おまえはスレイマンの間者だろう」

初めは否定していたアラマッドもついに開き直った。

「そうだよ。逐一これでおまえらの動きを教えていたのさ。スレイマン様は生きている」

わっと一同が驚いた。

「スレイマン様の仕掛けた大芝居、これからとくと見ておくのだな」

そう叫ぶと、アラマッドは自らクリスを腹に突き刺し、海に飛び込んだ。

デカット港に近づくと、前方に砲台が見え、多くの兵士が動いているのがわかった。

「竹束を前に並べよ」

左兵衛の命令で各船には数十本の竹束が並べられた。やがて砲台から五門の大砲が火を噴いた。水柱が上り、船が大きく揺れた。近づくにつれ、鉄砲が鳴り響き、竹束にバリバリと弾丸が当たった。砲弾が一隻、二隻と命中し、炎が上がった。

「あの大砲、何とかなりませんか」

秀明が焦った。

「この距離では棒火矢や焙烙も届かない」

左兵衛も困り果てた。するとカルナが突然、走り出し、舳先で大きく胸を張った。

「姉上！　危ない」

スサントが悲痛な声を上げた。カルナは月の涙を高く天にかざし、何か呪文を唱えた。晴天だった空が俄かに掻き曇り、雷鳴とともに大粒の雨が降り出した。滝のような大雨が砲台や鉄砲の火縄を消してしまった。頼りの武器が使い物にならなくなった兵士たちは狼狽した。

フェルナンドは悔しがったが、ずぶ濡れのまま、宮殿に向かおうとした。そのとき、黄色いものが視界に入った。黄帝土王の手下の道士五人が剣をかざして取り囲んでいた。

「何だおまえたちは」

すると音もなく黄帝土王が現れた。

「化け物め！」

フェルナンドはサーベルを抜いて襲いかかった。が、黄帝土王の姿が消えた。ふと振り返ると、黄色い影が見えた。その瞬間、激痛が走った。フェルナンドは大きく崩れて地に吸い込まれた。

デカット港に上陸したカルナたちはポルトガル兵に襲いかかった。秀明もモンクルも太刀で斬りまくり、左兵衛も長巻を振り回して薙ぎ倒していった。桃太郎と三人の郎党は阿修羅の如く戦った。猿の三蔵は杖を振り回し、鉄球で兵士の脳天をかち割っていった。鳥居義太夫は手甲鉤で次々と倒し、桃太郎と犬塚伝兵衛は太刀で斬りまくった。

ポルトガル兵は悉く討ち取られた。雨が上がると再び晴天となり、一同、勝鬨を上げて宮殿へと向かった。しんがりにいた東山の前に五人の道士が現れた。東山はたちまち四人を斬り倒したが、最後の一人は手強かった。二、三合切り結んだが、一太刀浴びてしまった。それを目にした多門が慌てて駆け寄り、道士を袈裟懸けに斬った。

「孫武、大丈夫か」

「ははは、かすり傷だ」

そこへ音もなく黄帝土王が現れた。

鈍い音とともに剣が弾き飛ばされた。次の瞬間、マントが翻り、東山が血を吹いて倒れた。

「林東山、裏切り者め。始末する」

甲高い声が仮面の下から聞こえた。東山が斬りかかると、

「孫武!」

多門が抱き起こした。

「こいつには構うな。逃げろ」

「おまえは親友だ!」

多門は太刀を振りかざして斬りかかった。が、マントが翻ると倒れた。

「多門!」

「ははは。ガイヘー・ハッカーギン……」

そう叫んで絶命した。東山も多門の体に折り重なるように倒れ、息を引き取った。

「黄帝土王だな」

五

カルナの軍が宮殿に入ろうとしたとき、音もなく黄帝土王が一人立ちはだかった。

「おまえが黄帝土王だな」

「無駄な殺生は好まぬ。月の涙を渡せば、日本に帰してやる」

「日本に帰す？　ここは私の祖国です。あなたこそ出て行きなさい」

カルナは強く言い放った。

「ははは。気の強い姫じゃ。懲らしめてくれよう」

庚申党の荒くれ男たちが十人ほど斬りかかった。が、マントが翻ると次々と返り討ちにあった。おおっと声が上がった。

「所詮、おまえらにはこのわしは斬れぬ」

三蔵や義太夫も襲いかかったが、弾き飛ばされてしまった。秀明が斬りかかろうとしたとき、カルナが制止した。

「私しか倒せません」

「無理だ、カルナ。やめろ」

周囲の者たちもカルナを止めようとしたが、それを振り切って前に出た。そして月の涙をかざした。

「ほう、それが月の涙か。わしにくれるのか」

「ええ、望み通りに」

差し出したとたん、ぴかっと青い稲妻が走り、黄帝土王の体を貫通した。月の涙は青い輝く槍となっていた。すかさず秀明が一太刀浴びせ、マントを引き剥がした。黄帝土王の右手は肘から先が鋭い剣になっていた。義手に剣を仕込んでいたのだ。槍を引き抜くと、元の月の涙に戻った。

「見事じゃ……」

黄色い仮面が赤くにじんでいる。左兵衛が長巻を一閃させて仮面を取った。

「女か？」

一同は声を上げて驚いた。冷血な黄帝土王の素顔は優しげな若い女の顔だった。大きく崩れて門扉に寄りかかった。

「わしは女でも男でもない……」

「どういうこと？」

カルナが近づいた。

「わしは両性具有……。男と女と両方の機能を持っている」

また一同がわっと声を上げた。

「わしは張大福の実子だ」

「大福の？」

「父は男子を望んで、わしのような者が生まれた。父は失意のうち、山寺に預け、信仰の対象とされた。とはいえ、一方では見世物にもされてしまった。父はわしを闇の帝王に仕立て上げ、悪事を働き続けた。秀明……。おまえは父の仇だが、死なせてくれてありがたいとも思っている。わしもやっと安心して眠れる……。永遠に」

そう言って息を引き取った。カルナは泣いていた。

「可哀そうな人だこと」

「根っからの悪党なんていないんだよ」

三蔵がぼそっとつぶやいた。

「いや、あいつはどうかな」

左兵衛が長巻を引っさげて宮殿の門を大きく開けた。

「めざすはスレイマンだ。かかれ！」

どっと宮殿内に突入した。スレイマンの手勢が迎え撃ち、激しい白兵戦が展開した。

次々と城兵は討ち取られ、宮殿最上階の大広間に迫った。

「久しぶりだな、秀明、モンクル、カルナ、スサント。懐かしくて涙が出るぞ」

隻眼の蛇は玉座にふんぞり返ってワインを飲んでいた。

「スレイマン、両親の仇、今こそ」

カルナが叫ぶと、スレイマンは噴き出した。

「やめておけ。すべてはわしの思い通りに動いておる。おまえたちがここまで来たということはフェルナンドも黄帝土王も死んだということだ」

「皆、おまえの陰謀だな」

秀明が太刀を構えて前に進んだ。

「陰謀ではない。これも王国再興のための大計画だ。どうだ、取引しないか。月の涙を渡せ。そしてスサントに王位継承権を辞退させるのだ」

「何ですって？　おまえが国王になるというの」

「そうだ。そうすれば、おまえたちに手出しはしない。ここに残ろうが、日本に帰ろうが自由だ。スサントだって大臣ぐらいにはしてやるぞ」

「冗談じゃない。私は国王になるために戻ってきたのだ」

スサントが叫んだ。

「聞き分けのない奴だな」

スサントは傍らの長剣を取ると、大きく跳躍した。秀明が初太刀を受け流し、左兵衛が二の太刀を受け流した。

「やるじゃないか。今度は本気だぞ」

再び剣を一閃させるとモンクルに襲いかかった。それを太刀でがっちり受け止めた。

「モンクル、おまえには恨みがある。こんな体にしたのはおまえだからな」

飛び退いて、両者が同時にぶつかった。うっとスレイマンはよろめいた。右目が斬られている。が、モンクルも胸を真一文字に斬られていた。幸い鎧を着ていたので、無傷であった。

「父上、母上の仇！」

カルナはクリスで、スサントは腰刀でスレイマンに止めを刺した。悪行をし尽くしたスレイマンはついに絶命した。皆、鬨の声を上げた。

かくしてスサントはラーマカーン三世として即位し、バハギア王国が蘇った。カルナはバンテン王国から太郎たちを呼び寄せ、秀明とともに幸せに暮らしたという。

さて、桃太郎と三人の郎党は王国から財宝の一部を褒美にもらい、山口に戻って介殿こと大内義隆に忠実に仕えた。しかし、一五五一年、陶晴賢《すえはるかた》の謀反により義隆は自刃、桃太郎たちも陶軍相手に獅子奮迅の戦いをしたが、その後の消息はわかっていない。

その陶晴賢を毛利元就が厳島の合戦で破った一五五五年、一寸法師こと日照は老体に鞭打って、南蛮船に乗り込みスペインに渡った。マドリッドで法華経を流布するため、辻説法を繰り返したといわれるが詳細はわからない。

そして浦島太郎は、十七歳で小夜と結ばれ、三男二女を儲けた。あるとき、浜辺でナーガ国の漂流民プニュ（海亀という意味）を助け、修繕した彼の船でナーガ国に向かった。その宮殿を竜宮城といい、厚遇された。王女オットー姫と恋仲となったが、その後の話については後日改めて述べるとする。

了

著者プロフィール

矢倉 魁（やぐら かい）

1959年生まれ。筑波大学大学院修了。専攻は東南アジア地域研究。趣味は城や史跡巡り、甲冑・刀剣鑑賞。

ペンネームの矢倉魁は城の矢倉（櫓）に先駆け（魁）て攻め込むという意味から命名した。

現在は大学や予備校の講師などをする傍ら研究・執筆活動をしている。

著書に、橘明徳のペンネームで『遺恨の虎徹』（新風舎）、本名の徳植勉で『北信濃の古城をゆく』（文芸社）、『一粒のアジア文化』（日本文学館）などがある。

月の涙 風雲おとぎ草子

2013年8月15日　初版第1刷発行

著　者　矢倉 魁
発行者　瓜谷 綱延
発行所　株式会社文芸社
〒160-0022 東京都新宿区新宿1－10－1
電話 03-5369-3060（編集）
03-5369-2299（販売）

印刷所　株式会社フクイン

ISBN978-4-286-14013-1